STURM IM HEXENKESSEL

DIE EASTWIND-HEXEN
BUCH VIII

NOVA NELSON

Kapitel Eins

❧

„Hallo? Geht's noch?", blaffte ich den Geist an, der über meine Schulter mitlas.

„Was? Das ist eine spannende Lektüre", schoss er zurück, zog sich aber ein Stück zurück, damit ich ungestört weiterlernen konnte.

Da es nur noch eine Woche bis Halloween war, war der Schleier dünner als ein Spinnennetz, und Geister tauchten in meinem Alltag auf, wie es ihnen beliebte, selbst hier im Medium Rare. Das machte die Arbeit noch interessanter, als sie ohnehin schon war.

Während der Regen auf das Dach prasselte, hatte ich das Astronomielehrbuch, das Oliver mir aufgegeben hatte, auf der Theke aufgeschlagen, in der Hoffnung, nach dem Mittagsansturm ein bisschen Zeit zum Lernen zu finden. Ich blätterte zur nächsten Seite.

„Hey, ich war noch nicht fertig damit!", beschwerte sich der Geist.

„Weißt du, dass es dieses Buch auch in der Bibliothek gibt? Und dort kannst du sogar selbst die Seiten umblättern." Ich zog meinen schwarzen Cardigan enger um meine Schultern und fröstelte. Diese Geister hatten keinerlei Respekt vor persönlichem Raum, und bei so vielen in der Nähe hatte ich trotz der Hitze aus der Küche auf eine Strickjacke zurückgegriffen, weil ich hier kaum einen Mantel tragen konnte.

Natürlich konnten die meisten Gäste die Geister nicht sehen, also musste ich mich bedeckt halten. Es war kein Geheimnis, dass ich eine Hexe des Fünften Windes war und mit Verstorbenen kommunizieren konnte und so weiter, aber das bedeutete nicht, dass die Bürger von Eastwind sich damit wohlfühlten, also hielt ich mich zurück.

Vor allem, wenn Lot Flufferbum von der *Eastwind Watch* jeden Tag im Medium Rare kampierte und mich mit Argusaugen beobachtete.

Ich wusste, welche Schlagzeile er jagte, und es war nicht *Hexe des Fünften Windes studiert während der Arbeit Astronomie.* Es war *Fehlendes Stück des Hexenzirkels gefunden.*

Ted, der Sensenmann der Stadt, und Deputy Stu Manchester lagen mit ihrer Einschätzung goldrichtig, dass die Stadt verzweifelt nach Hinweisen suchen würde, wer die fünfte Hexe unseres neu gebildeten Zirkels war. Da Tanner, Donovan, Eva und ich Sheehan's Pub zusammen verlassen hatten, kurz bevor Eastwinds erster vollständiger Hexenzirkel seit dreihundert Jahren gebildet worden war, war ziemlich offensichtlich, wer vier der fünf Hexen waren.

Und da ein vollständiger Zirkel je eine Hexe jedes Windes erforderte, musste man kein Genie sein, um herauszufinden, nach welcher Art von Hexe man Ausschau halten musste. Wir vier deckten Ostwind (Donovan), Südwind (Eva), Westwind (Tanner) und den Fünften Wind (meine Wenigkeit) ab.

Die Jagd nach dem Nordwind fand weitgehend in Form von getuscheltem Klatsch und leise gezischten Bemerkungen statt, aber das machte sie nicht weniger hartnäckig. Und an vorderster Front stand der ehrgeizigste stellvertretende Chef-redakteur der *Watch*, Flufferbum höchstpersönlich.

Ich blickte von meinem Lehrbuch auf und schenkte ihm mein charmantestes und unschuldigstes Lächeln. Er runzelte die Stirn.

Ich würde ihm nur über meine Leiche verraten, dass Landon Hawker der Nordwind unseres Zirkels war. Und nicht nur, weil Lot ein lausiger Trinkgeldgeber war – aber vielleicht auch ein kleines Bisschen deshalb.

„Soll ich ihm auf die Schuhe pinkeln?", fragte mein Vertrauter Grim unter der Theke. Der große schwarze Hund musste meine Gedanken gespürt haben.

„Ja, das wäre toll. Aber nein, ich will danach nicht sauber machen."

„Ich könnte warten, bis er draußen ist, und dann –"

„Nein", sagte ich und wedelte mit einem Finger. „Böser Hund." *„Außerdem würde es bei dem Regen sowieso keinen Sinn machen"*, fügte ich durch unsere telepathische Verbindung hinzu. *„Er würde es nicht einmal merken."*

„Du unterschätzt die Kraft meines Strahls."

„Oder vielleicht unterschätzt du die Stärke dieses Sturms."

„Das klingt nach einer Herausforderung."

Falls es eine war, war es eine, die ich nicht aussprechen wollte. Ich traute Grim zu, dass er wusste, wie er seinen riesigen Tank mit mehr Druck leeren konnte als ein Feuer-wehrschlauch.

„Vielleicht ein andermal", fügte ich hinzu, um ihn zu besänf-tigen. *„Ich bin sicher, Lot wird seine Gewohnheiten so schnell nicht ändern."*

Tanner, der mir gegenüber an der Theke saß, schon in seiner Deputy-Uniform für seine Nachtschicht, wedelte, um meine Aufmerksamkeit auf sich zu ziehen.

Ich blinzelte. „Ja?"

Er zeigte auf seine Kaffeetasse. „Macht es dir was aus, einem Gesetzeshüter noch eine Tasse Muntermacher zu brauen?"

„Natürlich nicht." Ich kam mit der Kanne frisch gebrühten Kaffees zurück. „Zumal das der einzige Trank ist, den ich zubereiten kann."

„Du wirst es schon lernen", sagte er ermutigend und schüttete Unmengen Zucker in seinen Kaffee. „Das Tolle am Brauen von Tränken ist, dass jeder es kann. Natürlich machen Hexen es häufiger als andere, aber man braucht keine Magie dafür. Man muss nur Anweisungen befolgen und sich auf seine Absicht konzentrieren. Ich meine, schau dir Stella an. Sie ist die Beste, und Pixies sind keine Hexen."

Stella Lytefoot war die beste Trankmeisterin in Eastwind. Sie hatte mir mehr als einmal mit ihren Gebräuen den Allerwertesten gerettet.

„Ah, siehst du?", sagte ich. „Da liegt der Haken. Ich bin nicht gut darin, Anweisungen zu befolgen."

Er zuckte die Schultern. „Deshalb bist du wohl der Boss." Er salutierte mit seiner Tasse und einem Zwinkern, bevor er einen Schluck trank, den er sofort wieder in die Tasse spuckte, weil er vergessen hatte, dass der Kaffee noch glühend heiß war.

Ich biss mir auf die Lippe, um nicht über ihn zu lachen, und reichte ihm eine Serviette, um sich das Kinn abzuwischen.

Ja, das war Tanner, der Mann, den ich liebte, und Eastwinds bester Gesetzeshüter zwischen 18 Uhr abends und 6 Uhr morgens, plus/minus ein paar Minuten.

Ich dachte, wenn ich schon die Kanne in der Hand hatte, sollte ich bei den wenigen verbleibenden Tischen nachfüllen gehen. Ich ging zuerst zu Oliver Bridgewater und Zoe Clementine, nicht, weil sie auf meinem Weg lagen, sondern weil jemand eingreifen musste, bevor es zu öffentlichen Liebesbekundungen kam.

Es gab eine Menge nutzloser Gesetze in Eastwind, also dass es erlaubt war, jemandem derart intensive Schlafzimmerblicke in der Öffentlichkeit zuzuwerfen, wie Zoe es bei Oliver tat und umgekehrt – das verstand ich einfach nicht.

„Kaffee?", fragte ich und beugte mich bereits über Zoe, um ihre Tasse zu schnappen und den intensiven Blickkontakt zu unterbrechen, bevor einer von beiden antworten konnte.

„Oh, ähm, danke, Nora", sagte Oliver. „Wie läuft's mit dem Lernen?"

„Ich würde sagen, magisch, aber Astronomie ist das Gegenteil davon." Auch wenn es interessant war, hatte ich etwas weniger Wissenschaft erwartet, als ich Ruby gebeten hatte, mir etwas über die Sterne beizubringen.

„Das ist keine Astrologie", sagte er, „so viel ist sicher. Aber du musst beide Hälften der Geschichte kennen, wenn es um den Nachthimmel geht. Du musst wissen, was ein Komet ist, und was es bedeutet, wenn ein Komet durch die Sangretta-Konstellation zieht. Da ich kein Fünfter Wind bin, kann ich dir nur den ersten Teil beibringen. Ruby hat den zweiten Teil im Griff, da bin ich mir sicher."

„Ja." Wenn unsere zermürbenden nächtlichen Lektionen etwas klarmachten, dann, dass Ruby glaubte, dass das Beste für mich war, Astrologie zu lernen oder bei dem Versuch zu sterben. Ich war Letzterem näher als Ersterem.

Allerdings, da der Regen gestern eingesetzt hatte und es nicht so aussah, als wollte er in naher Zukunft nachlassen, könnte ich tatsächlich eine Pause bekommen und mein Astrologie-Praktikum auslassen, da die Wolken die nötige Sicht auf die Sterne verdecken würden.

Olivers nerdigere Interessen anzusprechen, wirkte wie ein Zauber, und dieser Zauber goss einen Eimer kaltes Wasser über ihn. Als er anfing, Zoe über den Doppler-Effekt zu erzählen, und ich sie die Augen verdrehen sah, wusste ich, dass meine Arbeit hier getan war.

„Noch eine?", fragte ich, als ich die Ecknische erreichte, die inoffiziell für Ted reserviert war.

Der Sensenmann schien kurz nachzudenken. „Klar. Was ist schon eine achte Tasse? Hatte eh schon sieben."

„Macht dich so viel Koffein nicht nervös?"

„Gar nicht. Ich mag einfach den Geschmack. Und es gibt mir einen Grund, den ganzen Tag am selben Ort zu verweilen, ohne, dass alle zu nervös werden. Ha."

Dachte er wirklich, eine Tasse heißer Kaffee könne verhindern, dass er allen einen Schauer über den Rücken jagte? Als ließe sich damit das Knacken seiner Knochen bei jeder Bewegung, die schwarze Kapuze über seinem Gesicht, die Sense und die Aura des Todes, die jedem in Reichweite die eigene Vergänglichkeit unter die Nase rieb, einfach wettmachen!

Aber Ted war ein netter Kerl, und seit er mir vor einer Woche geholfen hatte, den Archetypen zu verbannen, hatte ich neuen Respekt vor ihm – also erwähnte ich das alles nicht.

„Du bist länger hier als sonst", sagte ich. „Normalerweise bist du nach dem Mittagessen weg."

„Ja, nun", sagte er, als wäre das eine ausreichende Antwort.

„Nun, was? Nachmittagspläne abgesagt?"

„Oh nein, ganz und gar nicht. Im Gegenteil. Ich glaube, ich könnte wichtige Geschäfte zu erledigen haben."

Wenn man bedachte, dass sein Job darin bestand, nach einem Todesfall aufzuräumen und dann als Jenseits-Navi für die Verstorbenen zu dienen, verhieß das nichts Gutes.

„Wo?", fragte ich und versuchte, meine Sorge nicht zu zeigen.

„Könnte nichts sein", sagte er. „Ich fühle mich zu einem Ort hingezogen, wenn die Drohung des Todes in der Luft liegt, aber es kommt nicht immer dazu. Drück die Daumen. Ha." Er hob eine seiner behandschuhten Hände und kreuzte die Finger, die trocken knackten.

„Wo, Ted?", fragte ich strenger.

Der Sensenmann rutschte auf seinem Platz herum. „In der Nähe. Ich weiß nicht sicher, wo genau. Wenn du mich fragst, könnten es die Deadwoods sein."

„Nicht, dass ich dir nicht vertraue, aber das riecht für mich nach Einhornmist."

„Ehrlich, Nora. Wenn ich sicher wüsste, dass jemand im Medium Rare sterben wird, würde ich es dir sagen."

„Würde das helfen, es zu verhindern?"

„Oh, Ghulgammel, nein. Aber zumindest könntest du dich mental darauf vorbereiten."

Vorausgesetzt natürlich, dass ich nicht diejenige war, die dran war. Ich wusste aus Erfahrung, dass es ziemlich unmöglich war, sich auf den eigenen Tod vorzubereiten.

„Möchtest du dann die Rechnung?", sagte ich. „Weißt du, falls du schnell mit einem Leichnam im Schlepptau verschwinden musst."

„Ja, bitte."

Ich hatte sie schon in meiner Schürze und legte sie auf den Tisch, während ich einen Blick auf den Regenvorhang warf, der vom Dach fiel und alles dahinter verbarg, obwohl es noch ein paar Stunden bis zum Sonnenuntergang waren.

Das Glöckchen über der Eingangstür klingelte und riss mich aus meinen Gedanken. Ich lächelte Fiona Sheehan zu, einer rotbackigen, orangehaarigen Koboldin, als sie das Diner betrat und sich an die Theke neben Tanner setzte.

„Ich setze gleich Wasser auf", sagte ich im Vorbeigehen. Sie bevorzugte Tee, und da sie mir regelmäßig so viele gute Drinks in Sheehan's Pub servierte, fand ich, dass es das Mindeste war, den losen Tee, den sie mochte, vorrätig zu haben.

Sie war eine neue Stammkundin im Medium Rare, und ich

war froh, sie zu haben, auch wenn ihre wiederholten Besuche weniger mit unserem Essen und mehr damit zu tun hatten, irgendwo zu essen, wo sie wusste, dass weder Ansel Fontaine noch Darius Pine dort sein würden. Der Umgang zwischen ihnen war ein bisschen ... unbeholfen, nachdem der Liebeszauber, mit dem Eastwind belegt worden war, die beiden Werbären wegen ihrer wiederentfachten Leidenschaft in einen handfesten Streit getrieben hatte.

Seltsamerweise hatte die ganze Geschichte Fiona und Jane, Ansels Frau, nur näher zusammengebracht, da sie sich darüber austauschten, wie barbarisch und nervig Männer mit ihrem Territorialverhalten sein konnten. „Jane sollte in einer Stunde hier sein", sagte ich und stellte ihren Tee vor sie.

„Kein Ding. Will hauptsächlich bei dem ganzen Regen aus dem Haus. Macht mich ein bisschen verrückt." Sie hob den Deckel der Teekanne und atmete ein, stöhnte leise. „Das trifft es genau."

„Arbeitest du heute Abend?", fragte ich.

„Ja, aber erst in ein paar Stunden. Kelley hat die frühe Schicht."

Ich kehrte zu meinem Lehrbuch zurück, während Fiona und Tanner ein Gespräch über ein neues Rezept für Schlaftränke anfingen, das Stella letzte Woche in der Zeitung veröffentlicht hatte.

Aber ich war kaum einen Absatz weit in die Eigenschaften und Verhaltensweisen von Roten Riesen, als Eva einen Stapel schmutziger Teller etwas zu hart neben mir auf die Theke abstellte. Das Klirren ließ mich zusammenzucken. Ich blickte auf, um zu sehen, ob ich ihr helfen konnte. Sie funkelte ein Trio von Werwölfinnen (genauer gesagt, Bitches, auch wenn ich den Begriff immer noch nicht mochte, obwohl er in Eastwind nicht als beleidigend galt) um die Fünfzig an, die in einer

Nische miteinander plauderten und die letzten Reste ihres Essens aufaßen.

„Ich frage mich wirklich, warum die überhaupt herkommen, wenn sie Hexen so sehr hassen?", schnaubte Eva und wandte sich mir zu. „Es ist, als würden sie nur herkommen, um mich von oben herab zu behandeln und rassistische Bemerkungen zu machen."

Obwohl Eva dunkelhäutig war, wusste ich, dass sie „rassistisch" nicht im Sinne unserer alten Welt meinte. Welche Hautfarbe jemand in Eastwind hatte, war irrelevant, wenn es um Vorurteile ging. Die Art von Wesen, die jemand war, jedoch ...

Tanner unterbrach sein Gespräch mit Fiona. „Kümmere dich nicht um die alten Schachteln an Tisch fünf", sagte er und winkte ab. „Gladys war mehr als froh, dass eine Hexe letzte Woche auf ihre Notruf-Eule reagiert hat, als sie dachte, jemand hätte ihre Dusche verflucht, damit sie nicht heiß wird."

„Jemand hat ihre Dusche verflucht?", fragte ich.

Tanner nippte an seinem Kaffee und schüttelte dann den Kopf. „Nein, nur ein normales Sanitärproblem."

„Hör zu, Eva", sagte ich, „wenn sie zu unhöflich werden, lass es mich wissen, und ich bitte sie, zu gehen."

Sie winkte ab und seufzte. „Nein. Ich habe Schlimmeres erlebt. Es scheint nur in letzter Zeit etwas, ich weiß nicht, offensichtlicher zu sein als sonst."

„Weil es das ist", sagte ich. „Kannst du es ihnen verdenken, wo der Zirkel dieses dumme Werwolf-Schutzgesetz in letzter Zeit so unterstützt? Ich wäre auch mürrisch, wenn ich glauben würde, die Regierung würde Gesetze verabschieden, die mir meine Rechte nehmen."

„Vielleicht", sagte Tanner, „aber du wärst deswegen nicht so gemein anderen gegenüber."

Wenn ich jeden Werwesen rauswerfen würde, das sich mir oder Eva gegenüber feindselig verhielt, weil wir Hexen waren, würde das Medium Rare pleitegehen, weil die Kundschaft wegbliebe. Das war das Tückische daran, als Hexe ein Lokal in einem Werwolf-Teil der Stadt zu betreiben.

„Ich denke, was am meisten stört", sagte Eva, „sind die Werwesen, die versuchen, höflich zu sein. Dabei sieht man ihnen an der Nasenspitze an, dass sie mir nicht mehr so vertrauen wie früher."

Ich wusste genau, was sie meinte. Die Flannerys waren immer freundlich und aufgeschlossen gewesen, aber selbst sie hatten angefangen, mich schief anzusehen. „Deshalb müssen wir sie weiter freundlich bedienen", erinnerte ich sie. „Jede freundliche Interaktion ist ein Gewinn für alle Hexen. Wir sind in einer einzigartigen Position. Ich weiß, es ist im Moment ätzend, aber wo sonst findest du heutzutage Hexen und Werwesen, die so viel Zeit in so engem Raum verbringen?"

„Das stimmt", sagte Tanner. „Das war Teil des Grundes, warum Bruce Saxon – möge er in Frieden ruhen – mich überhaupt eingestellt hat."

Als Tanner „Möge er in Frieden ruhen" sagte, wusste ich, dass es mehr ein Befehl als ein Segen war, denn Bruces Geist war seit seiner Ermordung zweimal zurückgekommen, und wir alle hofften, dass er diesmal wegbleiben würde. Aber vielleicht versuchte er auch, respektvoll zu sein, da Fiona damals, als Bruce getötet wurde, heimlich mit ihm ausgegangen war.

„Bruce wollte immer, dass dies ein Ort ist, an dem jeder willkommen ist und sich wohlfühlen kann", fuhr Tanner fort.

Fiona nickte. „Er war stolz darauf. Wir haben das auch im Sheehan's versucht, aber die Spannung ist überall spürbar geworden. Wir haben so viele Kneipenschlägereien wie noch nie, und ich spreche nicht einmal von denen wegen des Liebeszaubers." Sie räusperte sich, offensichtlich peinlich berührt, das heikle Thema überhaupt angesprochen zu haben.

Eva meldete sich zu Wort. „Es ist, wie du gesagt hast, Nora.

Orte wie das Diner hier und das Sheehan's sind wichtiger denn je. In New Orleans gab es natürlich immer viel Spannungen zwischen Rassen und Klassen, aber ich habe immer genau dann eine Verbesserung gesehen, wenn Leute denen gegenübertreten mussten, die sie angeblich gehasst haben. Nichts zwingt jemanden so sehr, über sich hinauszuwachsen, wie Nähe."

„Und die, die es nicht schaffen, gehen", sagte ich bedauernd. „Apropos – glaubst du, die Bouquets kommen je wieder vorbei?"

Tanner kicherte. „Sag mir nicht, dass du traurig bist, dass sie nicht mehr kommen. Es gibt wenig Dinge, auf die ich mich mehr verlassen kann, als dass du die Augen verdrehst, sobald du dich nach einer Unterhaltung mit Hyacinth umdrehst."

Klar, die Elfe war nicht gerade meine beste Freundin, aber ich hatte immer gedacht, dass ihr Werwolf-Ehemann James mich wenigstens ein bisschen mochte.

„Sie ist nicht die beste Gesprächspartnerin, nein", gab ich zu, „aber ich würde ihr Klatschen und ihr Eindringen in meine Privatsphäre jederzeit Flufferbums intensivem Starren vorziehen."

Tanner warf einen Blick über die Schulter auf den stellvertretenden Chefredakteur und winkte ihm freundlich zu, bevor er sich wieder umdrehte. „Uh. Ja."

Ich beugte mich über die Theke, damit er meine nicht ganz höfliche Frage nicht mithörte. „Was ist er überhaupt? Hexe? Werwesen? Was ganz anderes?" Ich war immer noch schrecklich in diesem Ratespiel, aber Tanner und Fiona verstanden das und urteilten nicht.

„Werwesen", sagte Tanner. „Werkaninchen, um genau zu sein."

Ich spürte, wie mein rechtes Auge zuckte, während ich versuchte, nicht zu lachen. „Du machst Witze, oder?"

Tanner schüttelte den Kopf. „Nein, warum?"

„Oh, komm schon. Werkaninchen? Im Ernst?"

„Warum nicht?", fragte er.

Ich sah Eva an, die genauso ungläubig wirkte, bevor ich mich Fiona zuwandte. „Sagt er die Wahrheit?"

„Absolut."

Ich lehnte mich zur Seite, um Lot noch einmal anzusehen, diesmal mit neuen Augen. Ein Werkaninchen? „Ja, ich schätze, das könnte ich mir vorstellen", sagte ich.

Tanner schauderte. „Es ist, als würde er denken, wenn er uns nur lange genug anstarrt, ohne zu blinzeln, findet er heraus, wer die fünfte Hexe ist."

Ich funkelte ihn an und wünschte mir, es könnte ihn dazu bringen, zurückzunehmen, was er gerade gesagt hatte. Aber Tanner zuckte nur zusammen und sagte: „Was?" Dann schoss sein Blick zu Fiona. „Oh, richtig. Aber du hast kein Problem mit uns." Er sprach sie an. „Du hast doch kein Problem mit uns, oder?"

„Ich werde der Presse nicht verraten, wer die offensichtliche fünfte Hexe eures neuen Zirkels ist, wenn du das meinst."

„Du weißt es?", fragte ich.

Sie kicherte. „Ich arbeite in einer Bar. Ich sehe, wer zusammen reinkommt und geht. Ich höre Dinge von Leuten, die ich nicht hören sollte, und das regelmäßig. Ich denke, ich weiß mehr über die Leute in dieser Stadt, als sie über sich selbst. Und deshalb habe ich es mir zur Regel gemacht, mit niemandem darüber zu reden."

„Apropos Hyacinth und James", sagte Tanner, „ich habe gerade gehört, dass sie in ein neues Haus in Erin Park gezogen sind."

„Toll", sagte Fiona. „Jetzt bin ich ihre Nachbarin." Sie hob eine Augenbraue, wenig begeistert. „Wenn jemand dir sagt, dass Kobolde Glückspilze sind, erinnere sie an das hier, und es wird sie zum Schweigen bringen."

„Warte", sagte Eva. „Sie kommen nicht in ein überwiegend von Werwölfen besuchtes Diner zum Essen, aber sie ziehen weiter weg von den Outskirts in ein Viertel, in dem das Verhältnis von Hexen zu Kobolden etwa 50:50 ist?"

Fiona zuckte die Schultern. „Dort leben auch die meisten Elfen, also wollte Hyacinth vielleicht mehr unter ihresgleichen sein. Ehrlich gesagt, du versuchst, Logik in Vorurteilen zu finden, und ich glaube nicht, dass das möglich ist."

Das Glöckchen über der Tür klingelte wieder, und eine Frau mittleren Alters trat ein. Sie war von Kopf bis Fuß klatschnass vom Regen, und Wasser sammelte sich auf dem Boden um ihre Füße. Sie sah eher wie ein begossener Pudel als wie eine Hexe aus.

Ich hatte diese Frau in der Stadt gesehen, wo sie mit anderen aktiven Mitgliedern des Zirkels rumhing, aber ich hatte keine Ahnung, wie sie hieß oder welche Art von Hexe sie war. Ich hatte sie definitiv noch nie im Medium Rare gesehen.

Sie sah sich nicht nach einem freien Tisch um, sondern stand einfach da und ließ das Wasser auf den Boden tropfen. Strähnen ihres schulterlangen braunen Haares klebten in ihrem Gesicht, und es kam mir seltsam vor, dass sie sie nicht zurückstrich. Tatsächlich kam mir vieles an ihrem Verhalten seltsam vor. „Willkommen", rief ich ihr zu, „Sie können sich setzen, wo Sie möchten."

„Brauchen Sie ein Handtuch?", fragte Tanner. „Wir haben hinten reichlich."

Erst als sie weder mit einem Lächeln noch mit einem Blick in unsere Richtung reagierte, sah ich genauer hin und bemerkte den Karton in ihrer Hand.

Es war ein gewöhnlicher Karton – biologisch abbaubarer Karton, so wie es aussah – und groß genug für eine große Kristallkugel oder einen kleinen Kessel. Sie beugte sich steif in der Taille und stellte sie auf den Boden, gerade am Rand der Nische, die an den Eingang grenzte. Und dann drehte sie sich um und ging zurück in den Regen.

Ich brauchte die Kraft meiner Einsicht nicht, um zu erkennen, dass etwas nicht stimmte. Ich sah Fiona an, die einen besorgten Blick mit Tanner tauschte.

„War das eine Lieferung?", fragte Eva leise.

Niemand im Restaurant außer uns vieren schien den seltsamen Kurzauftritt bemerkt zu haben, und die Gespräche gingen wie gewohnt weiter, während die Schachtel unberührt am Eingang stand. Die drei Werwölfinnen, die unfreundlich zu Eva gewesen waren, kicherten über irgendwas, und es machte mich verflixt nervös.

„Es ist wahrscheinlich nichts", sagte ich, übernahm die Initiative und ging um die Theke herum, um mich dem Karton zu nähern. Tanner bewegte sich mit mir, und wir hielten inne, als wir den Karton erreichten. Er stemmte die Hände in die Hüften, wiegte sich von einer Seite zur anderen, um sie aus allen Winkeln zu betrachten.

„Sieht nur wie ein kleines Paket aus. Hast du irgendwas bestellt?"

Ich musste nachdenken. „Nein, ich glaube nicht."

Er zog seinen Zauberstab so unauffällig wie möglich heraus, um keinen Werwolf zu provozieren, dann ging er in die Hocke und wedelte langsam um die Schachtel herum. „Ich spüre keinen Zauber. Warte einen Moment ..."

Er beugte sich vor, neigte diesmal sein Ohr in Richtung des Kartons, und sein Mund formte ein kleines O, als er schnell zu mir aufblickte. „Es tickt. Warum sollte ein Karton –"

Bevor er die Frage beenden konnte, lieferte das mysteriöse Paket die Antwort. Ein Küchentimer schrillte, und der Deckel sprang auf, schoss feinen, glitzernden Staub in die Luft ... und direkt in Tanners Gesicht.

Er fiel auf seinen Po zurück, hustete und wedelte mit der Hand, um das Pulver wegzuwischen.

Ich war völlig ratlos. Es war wie eine Glitterbombe, aber so viel Glitter! Zu beobachten, wie es in der Luft flirrte, ließ mich wie gebannt starren. Es reflektierte das Licht von oben, warf schillernde Punkte hierhin und dorthin, verteilte sich langsam durch den kleinen Gastraum.

„Hat jemand Geburtstag?", fragte Eva, und das schien eine ziemlich gute Vermutung zu sein. Warum sollte jemand sowas liefern und dann gehen?

„Meiner ist erst in einem Monat", sagte ich.

„Meiner ist heute auch nicht", sagte Tanner.

Die glitzernden Partikel tanzten weiter durch das Diner, bevor sie langsam zu Boden sanken. Und während sie das taten, fingen die Werwölfinnen an Tisch fünf an, nach Luft zu ringen und schreckliche Würgegeräusche von sich zu geben. Dann auch Lot Flufferbum.

Das war seltsam. Das Zeug war direkt in Tanners Gesicht geblasen worden, und er hatte es nur weggehustet. Warum waren sie –

Dann begriff ich plötzlich, was im Karton war.

„Heilige Glitterwolke, Tanner!", sagte ich, meine Füße wie festgeklebt auf dem Fliesenboden, während ausgewählte Gäste zu meiner Linken und Rechten weiter nach Luft rangen und keuchten. „Das ist Silberpulver!"

Kapitel Zwei

Tanner rappelte sich auf und sprintete durch die Eingangstür der Hexe hinterher. Ted tauchte plötzlich neben mir auf. „Ziehst du sie raus, oder soll ich das machen?"

Ich hörte ihn laut und deutlich. Kontakt mit Silber war für jedes Werwesen qualvoll. Es einzuatmen war das und mehr. Ich wusste schon, dass nicht viel Hautkontakt über längere Zeit nötig war, um einen Werwolf zu töten, und während der Staub buchstäblich auf meine Gäste niederrieselte, war jede Sekunde kostbar.

„Eva! Fiona! Grim! Helft mir!"

Die wenigen Gäste, auf die das Silber keine Wirkung hatte, drehten sich in ihren Sitzen um und versuchten, den Tumult zu verstehen, aber ich hatte keine Zeit für Erklärungen. Ich rannte zu Tisch fünf, packte die erste Werwölfin, die ich zu fassen bekam, und zerrte sie aus der Nische, durch das Diner und hinaus in den Regen. Ich konnte das Silber nicht aus ihren Lungen bekommen, aber ich konnte es von ihrer Haut waschen.

Eva und Fiona hatten die rundeste der Werwölfinnen

zwischen sich und teilten sich die Last, während sie sie hinauszerrten, obwohl sie um sich trat und schrie. Diese Idiotin wehrte sich tatsächlich gegen sie.

„Nimm deine" – würgendes Husten – „Hände weg" – groteskes Gurgeln – „von mir, Hexe!"

Auf dem Weg zurück, um die wenigen verbleibenden Werwesen zu holen, kam ich an Grim vorbei, der Lot Flufferbum am Kragen seines Hemds gepackt hatte und ihn grob zum Ausgang schleifte. Ich hielt die Tür auf, während er rückwärts hinausging.

„Nach dem hier brauche ich eine Menge Speck ..."

Selbst seine Gedanken klangen angestrengt, als der Werkaninchenmann Grims Hilfe für einen Angriff hielt und versuchte, sich zu wehren. Ich zuckte zusammen und schnitt eine Grimasse, als Lots Kopf gegen den Metallrahmen der Tür krachte.

„Er versucht, dich zu retten", blaffte ich Lot an, bevor ich hinzufügte: „du Idiot", und zurück ins Innere eilte.

Als alle betroffenen Gäste draußen im Regen waren, waren zu viele Minuten vergangen, und das Husten schwoll zu einem Crescendo an. Und ich hätte schwören können, dass ich die Frau im Blumenkleid Blut husten sah.

Fiona hatte den Vorteil, keine Hexe zu sein, was bedeutete, dass die voreingenommenen Werwesen ihre Hilfe ohne Gegenwehr akzeptierten.

„Wir müssen Hilfe für sie rufen", rief ich Eva durch den Regenguss zu. Sie nickte, aber bevor sie handeln konnte, tauchte Tanner auf, klatschnass und mit rotem Gesicht.

Und verflixt anziehend.

Nicht jetzt, Nora!

„Ich habe sie verloren, aber ich weiß, wo sie wohnt. Ich kann sie später noch erwischen."

Donner krachte über uns. „Wir müssen Hilfe für sie holen", schrie ich über den Donner.

„Schon dabei", sagte er.

Einen Moment später durchschnitt ein heller Schein den trüben, verschwommenen Himmel – das strahlende Leuchten von Eastwinds engelhaftem Sheriff, Gabby Bloom. Sie landete anmutig ein paar Meter entfernt und faltete ihre großen weißen Flügel hinter sich. „Die Lytefoots sind schon auf dem Weg", sagte sie über den Regen hinweg. „Ich habe ihnen gesagt, sie sollen Mittel gegen Silber mitbringen, war das richtig?"

Ich nickte.

„Ich brauche die ganze Geschichte, aber zuerst sorgen wir dafür, dass diese Leute nicht sterben." Sie kniete sich neben eines der Opfer, ein junges Mädchen, das mit ihrem Vater gegessen hatte. Ich war nicht sicher, ob sie eine Werwölfin oder eine andere Art von Werwesen war, aber Bloom wies sie an, ihren Mund mit Regenwasser auszuspülen, und half ihr aufzustehen, um das restliche Silber von ihrer geröteten Haut zu schrubben.

Die Lytefoots kamen kurz darauf an. Sowohl Kayleigh als auch Stella hatten alle Hände voll zu tun. Sie flatterten mit ihren Pixieflügeln von einem Opfer zum nächsten. Stella verabreichte ihnen einen Trank, während ihre Partnerin eine dicke, honigartige Salbe auf ihre Haut rieb, die trotz der Nässe und des unerbittlichen Regens nicht weggewaschen wurde.

Ich spürte einen kalten Schauer an meiner Schulter und drehte mich um, um denselben Geist zu sehen, der zuvor mein Astronomielehrbuch mitgelesen hatte.

„Sie sieht aus wie du", sagte er und zeigte auf Kayleigh Lytefoot. Das war eine Feststellung, die ich schon vor einer Weile getroffen hatte.

„Ja. Danke für die super hilfreiche Beobachtung mitten im Chaos."

„Ich würde sie glatt für einen Doppelgänger halten, wäre da nicht die Tatsache, dass die vor einer Weile in diesem Reich ausgelöscht wurden, und sie hat Flügel und ist ein bisschen hübscher als du."

Ich drehte mich um, starrte ihn an und wedelte mit der Hand dort durch die Luft, wo er schwebte, um ihn zu verscheuchen. „Ich glaube, das sind jetzt genug Bemerkungen von den billigen Plätzen."

„Was?", sagte der Geist defensiv. „So nah an die Schönheit einer Pixie heranzukommen, ist eine Leistung. Du solltest lernen, ein Kompliment anzunehmen."

„Und du, eins zu machen", knurrte ich. „Zwing mich nicht, dich zu verbannen."

Ich spürte, wie der Geist verschwand, sobald ich ihm wieder den Rücken zukehrte, und wandte meine Aufmerksamkeit der düsteren Szene vor mir zu.

Und apropos ...

„Er schmeckt sogar sauer." Grim trottete herüber, nachdem er seine gute Tat für den Tag erledigt hatte. Kayleigh und Stella kümmerten sich jetzt um den Werkaninchen-Mann.

„Bitte sag mir nicht, dass du ihn tatsächlich gebissen hast."

„Falls ich die Haut verletzt habe, was ich zugebe, dann nur, weil er nicht aufhören wollte, nach mir zu schlagen. Das ist seine Schuld."

Ich traute Lot zu, zu veröffentlichen, dass der Vertraute einer Hexe ihn während des Tumults gebissen habe. Egal aus welchem Grund.

Ich seufzte und spürte, wie das Gewicht dessen, was gerade passiert war, sich auf meinen Schultern niederließ. Es gab nichts mehr für mich zu tun, aber ich konnte mich nicht losreißen. Stattdessen warf ich einen Blick über die Schulter auf das Diner, trocken und hell hinter mir, und sah, dass Ted in seine Ecknische zurückgekehrt war. Der Sensenmann nippte an seinem Kaffee und beobachtete die Szene aufmerksam.

Nicht heute, Ted.

Kapitel Drei

Da das Innere des Medium Rare jetzt magisch gesehen der Schauplatz eines Chemieunfalls war, blieb keine andere Wahl, als für den Tag zu schließen.

Eva blieb, um mir zu helfen, jede Oberfläche zu schrubben, die uns einfiel, aber ich wusste, dass es Partikel gab, die wir nicht erwischt hatten, solche, die noch immer in der Luft schweben mussten, bevor sie sich setzten und wir auch sie wegwischen konnten.

Aus offensichtlichen Sicherheitsgründen sagte ich Jane, dass sie nicht kommen sollte, was bedeutete, dass nur Eva und ich übrig waren, und es war schon nach sechs, als wir beide fertig waren und gehen konnten.

„Viel Spaß mit deinem freien Tag", sagte ich, als sie ihren Regenschirm unter dem Vordach auf der Rückseite des Gebäudes aufspannte.

Nachrichten verbreiteten sich schnell in der Stadt, und vor ein paar Stunden hatte ich einen Eulenbrief erhalten, dass der Hohe Rat verlangte, dass das Diner eine Sicherheitsinspektion auf verbleibende Silberreste bestand, bevor ich es wieder öffnen durfte. Das bedeutete, ich würde den nächsten Morgen damit verbringen, alles nochmal zu schrubben, bevor der Inspektor kam.

So genervt ich auch war, ich verstand es. Es war Glück, dass es bei diesem Vorfall keine Todesopfer zu beklagen gab. Ziel eines solchen Angriffs zu sein, war schon schlimm genug für das Geschäft, ohne dass es Tote gab.

Und, ja, ich war auch froh, dass niemand gestorben war, aus Gründen, die nichts mit meinem Geschäft zu tun hatten. Hoffentlich ist das selbstverständlich, aber, nun ja, vielleicht auch nicht. Besonders, wenn Lot Flufferbum involviert ist.

Dass ich spät nach Hause kam, bedeutete, dass ich keine Pause haben würde, bevor der Unterricht begann.

Ein endloses Gespräch mit einem neurotischen Geist beschäftigte mich auf dem verregneten Nachhauseweg. Ich kannte diese Frau vor ihrem Tod nicht, aber sie plapperte, als wären wir alte Freundinnen, und erzählte mir allerlei schlüpfrige Details aus ihrer Zeit mit ihrem letzten Liebhaber ... der sie am Ende ermordet hatte.

Ich wusste nicht, welche Art von Abschluss ich ihr geben konnte, also hörte ich einfach zu.

„Klingt, als wäre er nicht gerade ein toller Kerl gewesen", sagte ich schließlich.

„Oh nein", sagte sie luftig. Oder besser gesagt, noch luftiger, als Geister normalerweise sprachen. „Er war wunderbar. Ich war diejenige, die ihn dazu getrieben hat, mich ..."

Oh Mann. Da war es. Sie würde nicht weiterziehen, bis sie zugab, dass es nicht ihre Schuld gewesen war, dass sie ermordet worden war. Ich hatte schon ein paar von der Sorte getroffen, und die brauchten immer ewig, um das zu verarbeiten. Ich könnte sie einfach verbannen, aber Ruby hatte darauf bestanden, dass das für die mit ungelösten Problemen nicht ideal sei.

Als ich Rubys Salon betrat, saß meine Vermieterin still an ihrem üblichen Platz, sprang aber in dem Moment auf, als ich hereinkam, noch bevor ihre Augen auf meinem gespenstischen Anhängsel landeten, huschte herüber, wedelte mit den Armen und sagte: „Nicht ins Haus!"

Einen Moment dachte ich, sie meinte Grim. Er schien dasselbe zu denken und klemmte seinen Schwanz ein, um seine empfindlichen Teile zu schützen.

Aber Ruby ignorierte ihn, hob stattdessen die Hand und ließ ein paar der Totems, die von der Decke hingen, klappern.

Mit einem Aufschrei wurde der Geist aus der Eingangstür gesaugt, die daraufhin zuschlug.

„Danke", sagte ich. „Ich brauchte eine Pause von ihr."

Ruby schien mich nicht zu hören, während sie im Zickzack durch den Raum huschte, bestimmte hängende Talismane auswählte und sie schüttelte. „Ich habe genug von diesem dünner werdenden Schleier! Kann eine Hexe des Fünften Windes keinen Moment Frieden haben? Offenbar nicht."

Sie hielt inne, als ihr Blick auf Grim landete, der triefnass auf ihrem Holzboden stand. „Oh, der muss auch raus."

„Versuchen kannst du es gern, Frau. Diese Staubfänger wirken bei mir nicht."

Um einen Showdown zwischen Grim und Ruby zu vermeiden, von dem ich keinen Zweifel hatte, dass Grim den Kürzeren ziehen würde, beschloss ich, für ihn zu sprechen. „Was, wenn ich ihn einfach abtrockne? Der alte Grim Goodboy hat sich seinen Namen heute verdient."

„Das ist nicht mein Name!"

„Hat er?", sagte Ruby skeptisch.

„Ja. Er hat Lot Flufferbum gerettet."

Ihre Augenbrauen schossen hoch. „Lot Flufferbum? Der von der *Watch*?"

Ich nickte.

„Hmph! Ich würde kaum sagen, dass es ihn zu einem guten Jungen macht, Flufferbum den fluffigen Allerwertesten zu retten." Sie hielt inne, kniff die Augen zusammen und sah Grim an. „Aber gut. Ein Handtuch reicht ... diesmal."

Grim, der sich ganz offensichtlich wie ein Held fühlte, der einen soliden Arbeitstag hinter sich hatte, lümmelte am Kamin und war ganz offensichtlich der Meinung, dass er jedes Recht hatte, faul zu sein, noch mehr, als ich je zuvor bei ihm gesehen hatte. Oder vielleicht lag es daran, dass ich ihn zur Belohnung mit zu viel Speck gefüttert hatte, und er lag deshalb auf dem Rücken und gewährte Oliver Bridgewater und mir ohne jede Scham einen unzensierten Blick auf seine Kronjuwelen.

Bis unser Studium der nuklearen Verbrennung abgeschlossen war, war es draußen stockdunkel, und der Regen hatte etwas nachgelassen, wenn auch nur vorübergehend.

„Ab mit dir", sagte Ruby und hielt die Tür für Oliver auf. „Wir haben nicht viel Zeit für das Praktikum, bevor es wieder anfängt zu regnen. Ich musste einen alten Gefallen einlösen, und ich will, dass er nicht verschwendet wird."

Oliver huschte die Verandastufen hinunter, und ich schnappte mir meinen Mantel und Regenschirm, bevor wir ihm folgten.

„Grim, du kommst besser mit", sagte Ruby.

Mein Vertrauter, der immer noch auf dem Rücken lag und seine empfindlichen Teile nach seiner jüngsten gründlichen Reinigung lüftete, wälzte sich wie eine Schildkröte auf dem Rücken herum, bis er seine Füße fand. *„Es gibt nicht genug Speck in diesem Reich ..."*

„Das Medium Rare ist bis auf Weiteres geschlossen, Grim.

Das bedeutet keine Reste für dich. Aber wenn du mitkommst, gebe ich dir morgen früh zwei Streifen Speck."

„Ich bin noch nie in meinem Leben so beleidigt worden. Zwei Stück? Im Ernst?" Er trottete auf uns zu. *„Du hast Glück, dass ich ein bisschen Angst vor Ruby habe, sonst könntest du den Deal vergessen."*

Oliver ging nach Hause, während Ruby mir voraus nach Erin Park marschierte. Ich hatte eine Vermutung, wohin wir gingen, und als wir in eine Nebenstraße einbogen und die Rainbow Falls in Sicht kamen, bestätigte sich mein Verdacht.

Der Regenschirm blieb die ganze Zeit unbenutzt, obwohl ich meinen Mantel fest an mich gezogen hatte, um mich gegen die Winde der Veränderung zu wappnen, die jetzt regelmäßig in heulenden Böen durch Eastwind fegten.

Obwohl der Regen nachgelassen hatte, war durch die dicken Wolken nicht ein Stern zu sehen, also war ich nicht sicher, wie wir unsere Astrologiestunde abhalten sollten.

Doch gerade als ich den Mund öffnete, um eine sarkastische Bemerkung zu machen, öffnete sich ein Loch in den Wolken über uns. Sein Durchmesser wuchs schnell, und ich klappte den Mund zu und wandte meine Aufmerksamkeit Ruby zu, die schmunzelte.

Ich fragte: „Was für eine Art Gefallen war derjenige dir schuldig?"

„Einen großen."

„Und wie hast du jemanden so in deine Schuld gebracht?"

Ruby winkte ab. „Bitte, Liebes. Du tust, als hätte ich nichts getan, bevor du in dieses Reich gepurzelt bist." Sie schnalzte mit der Zunge. „Ich habe Jahrzehnte damit verbracht, die Rätsel anderer Leute zu lösen. Da sammeln sich eine Menge Schulden an, wenn du deine Karten richtig ausspielst und sie davon überzeugst, dass das Geld, das sie dir zahlen, ein Schnäppchen ist für das, was sie bekommen." Sie hielt inne, um das Sternenlicht zu betrachten, das durch das Loch in den Wolken strömte. „Es ist immer schade, Gefallen einzufordern. Nicht, dass sie mir ausgehen werden. Es ist einfach immer gut, wenn eine Stadt in deiner Schuld steht, damit sie dich nicht um noch mehr Gefallen bitten. Jetzt, wo Candice Crystalis aus dem Schneider ist, wette ich, dass es nicht länger als einen Monat dauert, bis sie anklopfen und um einen neuen Gefallen bitten wird. Dabei bin ich im Ruhestand!"

Ich vermutete, dass Candice die Nordwind-Hexe war, die für dieses Stück Aeromantie verantwortlich war, das uns den Nachthimmel sehen ließ.

Fünfzehn Minuten später, nachdem Ruby mir einige der Sternbilder erklärt hatte, auf die wir uns konzentrierten, gingen wir zu den Planetenkonstellationen über. Grim lag wieder auf dem Rücken, sein Fell nass vom gründlichen Wälzen im nassen Gras. Seine dicken Lefzen klappten zurück und verdeckten fast seine Augen.

„Hat es eine Bedeutung, dass Miro und Foltz in der Leeto-mere-Konstellation so nah beieinanderstehen?", fragte ich.

„Leeromere", korrigierte sie, „und natürlich."

„Und die wäre?"

„Oh, du weißt schon" – sie wedelte vage mit der Hand – „Konflikt, Streit, solche Dinge."

Ich liebe es", sagte Grim, ohne sich einen Zentimeter zu bewegen.

Ich ignorierte ihn. „Du klingst nicht gerade besorgt."

„Warum sollte ich? Wir reden hier von Astrologie. Wir studieren die Geschichten, die die Sterne erzählen, und was ist eine Geschichte ohne ein bisschen Konflikt und Streit?"

„Ein Urlaub?"

Sie zeigte auf mich. „Genau! Und denk an das letzte Mal, als du von jemandes Urlaub hören wolltest."

Okay, sie hatte recht.

Grim rollte sich auf den Bauch. *„Das liegt nur daran, dass Hexen keine Ahnung haben, wie man richtig Urlaub macht. Wenn ihr nur in die Deadwoods gehen würdet, bekämt ihr all den Konflikt und Streit, den ihr braucht. Und mehr. Oh! Und Tod. So viel süßen, süßen Tod."*

Ich blickte wieder zum Himmel, atmete bewusst langsamer und öffnete mich, um den Sog der Sterne zu spüren, den ich das letzte Mal hier oben gefühlt hatte. Der Rest meines Hexenzirkels war damals bei mir gewesen, und ich hatte es geschafft, etwas von der Kraft der Sterne zu nutzen, um um Haaresbreite eine Begegnung mit einem Wesen zu überleben, das viel mächtiger war als ich.

Ein schneller Blitz schoss zwischen den zwei hellsten Sternen der Pentaclave-Konstellation hindurch. „Hast du das gesehen?", fragte ich Ruby.

„Natürlich."

„Und was bedeutet das?" Der Himmel war so ereignislos, dass plötzliche Bewegungen, besonders solche, eine große Bedeutung hatten.

„Schwer in Worte zu fassen." Aber sie lächelte, also beschloss ich, es als Gewinn zu werten.

Doch gerade, als ich anfing, mich gut bezüglich der Zukunft zu fühlen, kniff sie die Augen zusammen und sagte: „Also, ich höre, du weckst Tote auf."

Grim machte ein Geräusch, das verdächtig nach einem Kichern klang. *„Erwischt."*

Ich sog so schnell Luft ein, dass ich mich an meinem eigenen Speichel verschluckte. Als ich wieder atmen konnte, sagte ich: „Was?"

Sie wirkte nicht allzu verärgert, aber ihre Worte hatten einen drohenden Unterton. „Dieser traumhafte Brocken irischer Frechheit. Du hast herausgefunden, wie du ihn zurückbringst."

„Ja, aber ich habe es nicht durchgezogen." Nicht ganz, zumindest. „Hat Donovan es dir erzählt?"

Ihre Augenbrauen schossen zu ihrem grauen Haar hoch. „Donovan weiß davon? Ich wette, er war eifersüchtig. Nein, Ted hat es mir erzählt. Er behauptet, gesehen zu haben, wie du es in der Gasse hinter dem Sheehan's gemacht hast. Sehr stilvoll, wie ich sehe."

Grim kicherte.

Also hatte Ted länger beobachtet, dass Donovan und ich dort hinten waren, als er zugegeben hatte. Was hatte er noch gesehen und gehört?

Ich spürte, wie mein Gesicht rot wurde. „Es war ein Unfall", sagte ich. „Ich hatte keine Ahnung, dass ich das kann."

Ruby trat näher an mich heran, und ihre dunkelgrünen Augen waren schockierend hell in der Dunkelheit. „Lass mich eines klarstellen: Egal was passiert, die Toten sollten tot bleiben. Immer. Es ist unser Job, dafür zu sorgen, dass die, die gehen, nicht verweilen. Es gibt nie einen guten Zeitpunkt, jemanden zurück ins Leben zu holen, verstehst du?"

Ich nickte stumm, überrascht, dass sie plötzlich so eindringlich sprach.

„Der Tod ist ein Balanceakt, und es steht uns nicht zu, daran herumzupfuschen. Die Natur wird das Gleichgewicht wiederherstellen, egal, was passiert. Wenn du Roland zurückgebracht hättest, hätte es zweifellos einen unerwarteten Tod in der Stadt gegeben, und es ist unmöglich, vorherzusagen, wer es gewesen wäre."

„Gütiger Golem, was, wenn ich das gewesen wäre? Willst du mir sagen, ich habe eine perfekte Gelegenheit verpasst, wieder zu sterben?"

Ich fühlte mich wie ein kleines Kind im Büro der Rektorin, aber ich wehrte mich nicht; ich hatte diese Standpauke wahrscheinlich verdient, so leichtsinnig, wie ich mit Roland O'Neill gewesen war, während er noch hier war.

Ruby nickte und trat zurück. „Gut. Okay, zurück zum sinnlosen Studium der Astrologie."

Aber als ich aufblickte, zogen die Wolken wieder auf, und ein greller Blitz erleuchtete den Himmel.

„Himmelsrache!", fluchte Ruby.

Den Fluch hatte ich noch nie gehört, und er ließ mich an Bloom denken, mit der ich seit dem Vorfall noch nicht gesprochen hatte.

„Ich schätze, wir müssen das ein anderes Mal fortsetzen", sagte sie, „es sei denn, du kennst eine Nordwind-Hexe, die dir einen Gefallen schuldet."

Mein Verstand ging sofort zu Landon. Der einzige Grund, warum ich mich nicht besonders schlecht fühlte, und dass er sich verstecken musste und vom Rest unseres Zirkels isoliert war, um nicht entdeckt zu werden, war, dass es bedeutete, dass er mehr Zeit mit Grace verbrachte, die sich genauso versteckte.

Wenn sie nicht schon schwanger gewesen wäre, hätte ich gewettet, dass sie es bald sein würde. Obwohl Landon es nie zugeben würde, sah ich, wie er sie ansah und wie sie ihn ansah. Schlafzimmerblicke, wenn ich je welche gesehen habe.

Und gut für ihn.

Natürlich schuldete er mir keinen Gefallen. Wenn überhaupt, stand *ich* tief in *seiner* Schuld. „Ich kenne offensichtlich eine, aber er ist –"

„Pst", sagte Grim, und als ich ihn ansah, stand er auf den Beinen, die Nackenhaare gesträubt, während er in die dunkle Baumreihe zwanzig Meter entfernt starrte.

„Was ist?"

Er knurrte leise. *„Ich rieche was. Jemanden."*

„Wen?"

„Keine Ahnung. Ich kenne den Geruch nicht.“

„Was ist?“, flüsterte Ruby hinter mir.

„Jemand beobachtet uns.“

Ein weiterer Blitz über uns war genug, um das Gesicht zu sehen, aber das half mir nicht zu verstehen, warum die Elfe hier war.

„Hyacinth?“, rief ich.

Sobald ich sprach, zog sie sich zurück und verschwand in den Bäumen.

„Was zum Zauber?“, murmelte ich.

Ruby grunzte. „Diese neugierige Elfe muss absolut verzweifelt nach Klatsch sein, jetzt, wo sie sich in Erin Park verschanzt hat und ihre morgendlichen Runden nicht mehr macht. Geschieht ihr recht.“

„Was meinst du?“

„Ist das nicht offensichtlich? Sie ist hier draußen und beobachtet uns, um zu sehen, ob sie nicht ein bisschen Drama aufschnappen kann. Sie hofft wahrscheinlich, diejenige zu sein, die herausfindet, wer dein Nordwind ist. Ha! Sie würde diesen Rausch tagelang auskosten.“

„Ja, vielleicht“, sagte ich, aber als ich Grims Blick begegnete, wirkte er genauso wenig überzeugt.

Kapitel Vier

Sowohl Ruby als auch ich hatten unsere Regenschirme aufgespannt, während wir zurück zum Haus gingen. Grim war tropfnass, doch es schien ihn nicht zu stören.

„Ich fühle mich so lebendig! Na ja, bildlich gesprochen. Wörtlich ist das ja eher fraglich."

„Großartig. Freut mich, dass es dir so viel Spaß macht, denn du wirst heute Nacht auf der Veranda schlafen."

Er hielt mitten in einem großen, schwungvollen Schritt inne. „Warte. Was?"

„Ich habe dich schon einmal abgetrocknet. Auf keinen Fall wollen wir, dass das ganze Haus nach nassem Hund stinkt. Tut mir leid."

„Nein, tut es nicht."

„Du hast recht."

Grim schmollte den Rest des Weges und eilte voraus, als das Haus in Sicht kam, um sich auf seinen Lieblingsplatz auf der Veranda zu werfen. Doch er erstarrte, bevor er die erste Stufe erreichte.

Jemand war bereits auf der Veranda.

Zuerst ließ das sanfte Licht, das sie umgab, mich annehmen, dass sie der Geist von vorhin war, der wartete, um ihre Verteidigung ihres Mörders fortzusetzen.

Aber sie war das nicht.

Das Leuchten um sie war schwach, und ich fragte mich zum ersten Mal, ob sie es bewusst kontrollieren konnte oder ob es ihren Stimmungen entsprach. Sie hatte es sich auf der Hollywoodschaukel bequem gemacht, ihre Flügel ausgestreckt und entspannt über die obere Holzleiste der Rückenlehne gelegt.

Trotz meiner vielen positiven Begegnungen mit Sheriff Bloom hatte ich plötzlich das Gefühl, in Schwierigkeiten zu sein. War heute Abend jeder darauf aus, mich zu tadeln? War das, was der Komet bedeutet hatte? Dass heute Nora-Tadelnacht war? Das würde erklären, warum Ruby bei seinem Anblick gelächelt hatte.

Oder vielleicht konnten Blooms Fragen an mich nicht bis zum Morgen warten, was wahrscheinlich bedeutete, dass etwas ganz und gar nicht stimmte.

„N'Abend, Gabby", sagte Ruby in einem freundlicheren Ton, als ich ihn je von ihr gehört hatte.

Der Engel erhob sich von der Bank, als wir unter das Vordach traten und unsere Regenschirme ausschüttelten. „N'Abend, Ruby, Nora."

Grim stapfte die Stufen hoch, positionierte sich direkt neben mir und schüttelte sich dann so kräftig, wie er konnte, sodass ich so nass wurde, als hätte ich den Regenschirm nicht benutzt.

„Ein bisschen Eau de nasser Hund, damit du dich an mich erinnerst, wenn du dich am Kamin wärmst." Dann warf er sich auf seinen Platz, was die Holzbretter unter ihm wütend knarren ließ.

Sheriff Bloom schüttelte das beigefarbene Hosenbein ihrer Uniform aus, das in das Kreuzfeuer von Grims Verbitterung geraten war, und sagte: „Macht es dir was aus, mich kurz hereinzubitten? Ich würde gern mit Nora sprechen." Sie sprach Ruby an, als wäre die Frau mein Vormund und nicht meine Vermieterin.

„Natürlich nicht. Ich setze Teewasser auf."

Während der Tee zog, ging ich schnell nach oben, um trockene Kleidung anzuziehen, und als ich zurückkam, kicherten Gabby und Ruby beide.

Bloom wischte sich eine Träne aus dem Augenwinkel. „Ich habe den alten Whirligig noch nie so schnell aus einem Haus rennen sehen."

„Ich wusste nicht einmal, dass er rennen kann", prustete Ruby.

Ich ließ mich auf den leeren Stuhl fallen, vor dem eine dampfende Tasse Tee auf dem Tisch stand. „Was war das mit Whirligig?"

Ruby fing sich. „Oh, nichts. Das war vor langer Zeit."

„So lange ist das nun auch noch nicht her", sagte Bloom schmunzelnd. „Whirligig bekommt immer noch ganz große Augen, wenn man das Wort Schrumpfmittel auch nur erwähnt."

Bloom hob ihre Tasse an die Lippen, um sich zu sammeln. „Wie auch immer, Nora, ich habe tatsächlich einen guten Grund, so spät an einem Werktag vorbeizukommen. In erster Linie dachte ich, Sie würden wissen wollen, dass keiner der vom Silberangriff Betroffenen bleibende Schäden davongetragen hat. Stella hat sie im Hinterzimmer des Pixie Mixie untergebracht, und sie werden behandelt."

„Das ist großartig." Aber es waren auch Neuigkeiten, die bis morgen hätten warten können. Ich schwieg, damit sie fortfahren konnte.

„Ich habe mit Efarine Moulton gesprochen."

„Mit wem?"

„Die Hexe, von der Sie und eine Handvoll anderer zuverlässiger Augenzeugen sagen, dass sie ins Medium Rare gekommen ist und die Silberbombe abgestellt hat. Sie ist eine Südwind-Hexe, nur mäßig aktiv im Zirkel, und natürlich hat sie alles abgestritten."

„Wie will sie das abstreiten? Wir haben sie alle gesehen."

Bloom presste die Lippen aufeinander, während sich feine Linien um ihre Augen bildeten. Sie umklammerte ihre Teetasse mit beiden Händen. „Ja, deshalb bin ich hier. Ich habe sie nur eine Stunde nach dem Angriff zu Hause gefunden. Das kam mir sofort seltsam vor, denn wenn sie sich im Diner nicht die Mühe gemacht hat, sich zu verkleiden, und sie sich danach nicht verstecken wollte, warum ist sie dann überhaupt vom Tatort geflüchtet? Ich habe sie sofort in Handschellen gelegt, natürlich, aber sie behauptete, keine Ahnung zu haben, warum. Also habe ich sie aufgeklärt. Sie wirkte immer noch verwirrt und wollte es nicht zugeben. Das hat mich innehalten lassen. Ich habe sie hinsetzen lassen und direkt in ihrem Haus eine ordentliche Befragung durchgeführt."

Blooms Befragungen waren berüchtigt dafür, sanft zum Körper und brutal zum Gewissen zu sein. Eine ihrer engelhaften Fähigkeiten war, Schuld oder Unschuld in einer Person zu spüren, obwohl allgemein bekannt war, dass sie die genaue Quelle der Schuld nicht erkennen konnte, wenn sie sie spürte.

Sie trank einen langen Schluck aus ihrer Tasse, dann sah sie mich wieder an. „Ihre Seele zeugt von Unschuld. Es gab nicht einen Hauch von Schuld in ihr, als ich sie nach dem Vorfall gefragt habe." Sie hielt inne. „Na ja, ein bisschen Schuld gab es, aber die hatte damit nichts zu tun. Sieht aus, als hätte sie bei ihrer Diät geschummelt und ihre Motivationspartnerin angelogen." Sie winkte ab. „Was den Angriff auf eine Gruppe von Werwesen in einem Diner angeht, da war nichts."

„Das ist seltsam", sagte ich, unsicher, was ich sonst sagen sollte.

Bloom nickte kaum wahrnehmbar, räusperte sich dann und sagte: „Vor ein paar Monaten, als Zoe im Brunnen treibend gefunden wurde ..."

Oh nein. Da kam es. Ich hatte gehofft, dass die ganze Tortur vergessen wäre, dass sie nie wieder auftauchen würde. Aber das war offensichtlich zu viel verlangt. „Ja?"

Ihr Blick huschte für einen Sekundenbruchteil zu Ruby. „Nun, ich mische mich nicht gern zu sehr in die Art ein, wie ihr Fünften Winde arbeitet – schließlich, solange das Verbrechen aufhört und es nicht mehr Papierkram für mich bedeutet, nenne ich das einen Gewinn. Aber ich habe nie herausgefunden, wer oder was hinter dieser seltsamen Verbrechensserie steckte, und Deputy Manchester hat auch nicht mehr gesagt als: ‚Nora hat das geregelt.' Eine Sache weiß ich jedoch darüber: Leute haben sich seltsam verhalten und sich danach an nichts mehr erinnern können."

Jetzt sah ich, worauf sie hinauswollte. „Sie waren besessen."

Sie nickte. „Dachte ich mir. Und war es immer derselbe Geist?"

Ich vermied Rubys Blick. „Ja."

„Und haben Sie den Geist verbannt?"

„Ja." Es war keine vollständige Lüge. Klar, zuerst hatte ich das Gegenteil getan und ihn hierhergebracht, ihn in meinem Schlafzimmer wohnen lassen, ein paar skandalöse Träume mit ihm genossen, obwohl ich eine feste Beziehung zu einem anderen Mann hatte, und stark erwogen, ihn wiederzubeleben, aber am Ende war ich zur Vernunft gekommen.

Bloom kniff die Augen zusammen. „Sind Sie sicher? Ich spüre hier eine Menge Schuld."

„Kümmere dich nicht darum", sagte Ruby. „Sie hat nur

Schuldgefühle, weil sie eine Weile hinter Tanners Rücken mit ihm rumgemacht hat. Aber wenn du ihn gesehen hättest, Gabby, würdest du es verstehen."

Gabby, deren mütterliche Gefühle für Tanner immer nur dünn verschleiert waren, hob eine Augenbraue und sah aus, als stünde sie kurz davor, mir eine Standpauke zu halten, bevor ich zur Verteidigung ansetzte.

„Es war nicht hinter seinem Rücken. Wir haben darüber gesprochen. Ich konnte es sowieso nicht kontrollieren. Es war während des Liebeszaubers."

Bloom schluckte schwer, ihre Enttäuschung über mich für den Moment beruhigt, und trank einen schnellen Schluck von ihrem Getränk, bevor sie wieder sprach. „Ja, nun, eine Menge bedauerlicher Dinge sind wegen dieses Zaubers passiert. Wundervolle, bedauerliche Dinge ...", schloss sie wehmütig. Erst da fiel mir ein, dass ich nicht die ganze Geschichte von Blooms Nacht kannte, nachdem ich sie in Sheehan's Pub zurückgelassen hatte.

Genau nachdem Graf Malavic ihr seine untote Liebe gestanden hatte.

Hatten sie ...?

„Der Punkt ist, ich bin moralisch nicht überlegen", sagte sie knapp und riss sich aus der köstlichen Erinnerung, in die sie kurz abgetaucht war. „Und es ist sowieso irrelevant. Sie sagen, Sie haben den Geist verbannt, der Leute in Eastwind besessen hat, und ich glaube Ihnen. Aber was mit Efarine passiert ist, schreit nach Besessenheit. Als ich sie gefragt habe, wo sie die letzten paar Stunden gewesen sei, sagte sie, sie hätte auf ihrem Sofa ein Buch gelesen. Sie hatte sich krankgemeldet, weil sie sich mit einem Kollegen bei Warlock's Wardrobes gestritten hatte und sein Gesicht nicht ertragen konnte. Zumindest behauptet sie das."

„Nach einer Besessenheit haben die Opfer in der Regel Erinnerungslücken“, sagte ich. „Sie verlieren die Zeit aus den Augen, und wenn sie wieder zu sich kommen, sind sie desorientiert und verwirrt.“

„Ich weiß“, sagte Bloom. „Unglücklicherweise kann ein gutes Buch dieselbe Wirkung haben, und Efarine sagte, ihres war ziemlich fesselnd.“ Sie trank den Rest ihres Tees, dankte Ruby und stand auf. „Ich bin ziemlich überzeugt, dass wir es mit einer weiteren Besessenheit zu tun haben, was mich nicht sonderlich schockiert, wenn man bedenkt, dass nächste Woche Halloween ist. Ich habe schon früher Opfer von Besessenheit befragt, und es ist ziemlich faszinierend. Während sie unter dem Einfluss des Dritten stehen, kann ich die Schuld der Seele spüren, die den Körper bewohnt, aber danach ist keine Spur mehr davon da.

„Ich habe Efarine nicht verhaftet, aber ich habe ihr gesagt, sie solle sich eine Weile bedeckt halten, da sich bestimmt herumspricht, dass sie eine Terroristin ist, und das könnte sich als gefährlich für ihre Gesundheit erweisen. Sie war mehr als glücklich, für eine Weile auf die Arbeit zu verzichten und die Serie, die sie liest, fertigzulesen, also ist das geregelt. Aber wenn es Ihnen nichts ausmacht, halten Sie die Augen offen nach Hinweisen auf einen Geist, der in der Stadt Ärger macht, ja?“

„Natürlich.“

„Und, wissen Sie, wenn Sie den Drang verspüren, das selbst zu untersuchen, nur zu. Es ist schön, Tanners Hilfe im Department zu haben, aber es ist immer noch nicht genug.“

„Oh, bah“, sagte Ruby und stand auf, um den Sheriff zur Tür zu scheuchen. „Du hast immer versucht, Gratisarbeit zu bekommen, Gabby.“

Bloom grinste, leugnete es aber nicht. „Ist mir öfter gelungen, dich dazu zu überrumpeln als nicht, oder? Man muss erfinderisch sein, wenn der Rat nicht das Budget genehmigt, um genug Deputys einzustellen. Und bei der Menge an Gesetzen, die diese Verrückten verabschieden, gibt es immer mehr durchzusetzen."

„Fang mir nicht mit dem Hohen Rat an. Sonst rege ich mich noch auf und könnte versehentlich die Bürgermeisterin verfluchen. Dann müsstest du mich verhaften."

„Wäre nicht das erste Mal."

Darüber wollte ich mehr hören. Aber die Tür schloss sich hinter Bloom, und Rubys Miene wurde sofort düster, was bedeutete, dass Nachfragen über ihre Verhaftung eine schlechte Idee wären. „Du solltest schlafen gehen, Liebes", sagte Ruby. „Sieht aus, als wärst du gerade in einen dampfenden Haufen Einhornäpfel getreten, ohne es zu bemerken, und du kannst drauf wetten, dass niemand dir hilft, das von deinem Stiefel zu kratzen."

„Wie bin *ich* da reingetreten? Ich habe nichts getan."

Ruby verdrehte die Augen. „Nur ein Irrer würde absichtlich in Einhornäpfel treten, und doch passiert es auch ganz normalen Leuten. Als Hexe des Fünften Windes wanderst du quasi über eine Einhornwiese mit all dem, was an deinen Stiefeln hängen bleibt. Oh, hör auf, dich selbst zu bemitleiden. Das gehört einfach zum Job dazu."

„Ich bemitleide mich nicht."

Ich tat es. Sehr sogar.

Aber Rubys Rat war vernünftig. Ich hatte einen Tag voller Putzen und wer-weiß-was für Schlagzeilen von Flufferbum in der *Eastwind Watch* vor mir.

Ich würde alle Hilfe brauchen, die ich bekommen konnte, also ging ich, statt ins Bett zu gehen, am Wäscheschrank an der Treppe vorbei, schnappte mir das zerschlissenste Handtuch, das ich finden konnte, und ging hinaus auf die Veranda, um Grim milde zu stimmen.

Aber auf keinen Fall würde sein stinkender Pelz auf dem Bett schlafen, egal wie trocken er war.

Kapitel Fünf

Ich putzte fast sieben Stunden lang, schrubbte jeden Zentimeter des Diners, einschließlich der Decke und unter allen Nischen. Wenn es noch einen Hauch von Silber im Medium Rare gab, nennen Sie mich Schmutzfink.

Mit einer halben Stunde Zeit bis zur Inspektion, zauberte ich hinten ein Spiegeleisandwich, ging aufs Ganze beim Einbuttern des Brots, bevor ich es röstete, zerdrückte eine Avocado, um sie unter zwei weichgekochten Spiegeleiern zu verteilen, und träufelte dann Queso über das Ganze, bevor ich die andere Brotscheibe obendrauf legte und hineinbiss. Der Plan war gewesen, zu essen, während ich meine Astronomielektüre für den Tag erledigte, also hatte ich das Lehrbuch auf der Theke vor mir aufgeschlagen, während ich mich über mein Sandwich hermachte.

„Ich wünschte nur, ich könnte es irgendwie richten", sagte eine Frauenstimme von der anderen Seite der Theke. Ich blickte auf und entdeckte den weiblichen Geist, der mir gestern Abend nach Hause gefolgt war.

Ich seufzte. Das wurde lächerlich. Ruby hatte nicht übertrieben mit dem dünner werdenden Schleier. Normalerweise hatte ich Besucher dieser Art einmal pro Woche, höchstens. Aber zwei verschiedene Geister an zwei Tagen waren einfach nur nervig.

„Nichts für ungut", sagte ich, „aber ich bin beschäftigt."

Sie starrte wehmütig auf mein Sandwich. „Ich erinnere mich, als ich noch schmecken konnte."

Ohne Reue biss ich in mein Sandwich und stöhnte leise, als meine Geschmacksknospen einen kleinen Jig tanzten.

Ich tupfte Eigelb von meinem Mundwinkel und sagte: „Wie heißt du?"

„Perdita."

„Großartig. Die Sache ist die, Perdita: Sobald ich dir helfen kann, weiterzuziehen, wirst du viel glücklicher sein. Du wirst nicht einmal wünschen, du könntest in der Zeit zurückreisen oder ein Spiegeleisandwich essen. Aber damit das passiert, musst du dir eingestehen, dass du nicht verantwortlich dafür bist, dass dein Freund dich ermordet hat. Dein fehlgeleitetes Verantwortungsgefühl ist höchstwahrscheinlich das, was dich hier festhält, anstatt dich weiterziehen zu lassen. Also ist meine Frage: Bist du bereit, dir das heute einzugestehen?"

Ihr Mund formte ein kleines O, und ihre nebligen Augen waren wie zwei Vollmonde. „Du willst, dass ich mir etwas eingestehe, das nicht stimmt?"

„Damit habe ich wohl meine Antwort", seufzte ich. „Okay, lass uns das so machen. Du wirst ein bisschen Zeit allein verbringen, um darüber nachzudenken, was für ein mieser Kerl dein Ex ist. Und wenn du zurückkommst, bevor du die Erkenntnis hattest, dass es *nicht* deine Schuld war, werde ich dich verbannen. Ich habe keine Zeit dafür, während ich versuche, mein Geschäft wieder zu eröffnen."

„Wie unhöflich", sagte sie und verschränkte die Arme. „Wie

du willst. Du bist nicht die einzige Hexe des Fünften Windes in diesem Reich. Dann gehe ich eben zur anderen."

Ich kicherte. „Bitte mach das. Ich bin sicher, sie wird sich freuen, dich zu sehen."

Später, als ich die letzten käsigen Reste von meinen Fingerspitzen leckte, ließ ein Klopfen an der Tür hinter mir mich zusammenzucken, obwohl es genau pünktlich war. Das Sandwich war so fesselnd, dass ich vollkommen das Zeitgefühl verloren hatte.

In dieser Hinsicht war die Erfahrung ein bisschen wie besessen zu sein.

Ich wischte meine Hände an einer Serviette ab und sprang auf, um den Inspektor hereinzulassen.

Aber er war nicht allein.

Zwei Frauen standen hinter ihm. Zwei Frauen, die bei etwas so Geringfügigem wie einer Restaurantinspektion nichts zu suchen hatten.

Bürgermeisterin Esperias kirschroter Hosenanzug leuchtete vor dem Hintergrund des trüben Wetters draußen. Und neben ihr stand die Hohepriesterin Serenity Springsong, die von ihrer alfalfagrünen Robe fast verschluckt wurde.

Die braune Hose und das weiße Hemd des Inspektors wirkten neben den beiden aufwendig gekleideten Frauen besonders schäbig, und sein Gesichtsausdruck, als ich die Tür öffnete, wirkte fast wie eine verzweifelte Bitte, hereingelassen zu werden, damit er ein bisschen Luft zum Atmen bekam.

Die Bürgermeisterin und die Priesterin rauschten ohne Einladung oder ein Wort an ihm vorbei, und ich hatte fast Lust, die Tür zu schließen, bevor sie hereinkommen konnten.

Aber einen Streit mit den Köpfen des Hohen Rates und des Zirkels anzufangen, war kein guter Start für eine Inspektion, also hielt ich die Tür auf.

„Guten Tag", sagte ich, während der Inspektor seine Werkzeuge und Geräte auf der Theke ausbreitete, ohne sich überhaupt vorzustellen.

„Guten Tag, Nora", sagte Bürgermeisterin Esperia. „Ich konnte es fast nicht glauben, als ich von dem Vorfall gelesen habe. Ich bin schockiert, absolut entsetzt, dass eine Hexe das einem anderen hexeneigenen Geschäft antun würde, auch wenn, nun ja, Sie wissen schon ..." Sie tauschte einen bedeutungsvollen Blick mit der Hohepriesterin, dann war sie so freundlich, es für mich auszusprechen. „Auch wenn Sie sich bei den Werwölfen anbiedern."

„Ich denke, Sie meinen, dass ich Werwölfe bediene."

„Hmph! Nein, ich meinte anbiedern. Aber das ist okay. Wir akzeptieren alle Arten in Eastwind, solange sie keine Bedrohung für andere darstellen."

Die Priesterin war ungewöhnlich still. „Und warum sind Sie hier? Auch, um mir durch die Blume zu sagen, dass es meine Schuld war?"

Springsong ließ sich von meiner Direktheit nicht beirren, oder falls doch, zeigte ihre Stimme es nicht. „Der Zirkel unterstützt Hexen immer, auch wenn sie keine Mitglieder sind. Unsere Sorge um unsere Art ist nicht davon abhängig, ob jemand bereit ist, Mitgliedsbeiträge zu zahlen." Sie lächelte sanft, als verdiente sie Lob für ihre heldenhafte Einstellung, aber ich konnte einfach nicht verstehen, wie Leute freiwillig Geld zahlten, um Teil des Zirkels zu sein.

Was für eine Verschwendung.

„Ich weiß Ihre Unterstützung zu schätzen, auch wenn wir hier alles im Griff haben. Niemand wird dauerhafte Schäden davontragen, und ich habe den Laden von oben bis unten geschrubbt, also bezweifle ich nicht, dass wir die Inspektion bestehen und morgen wieder öffnen werden."

„Aber wollen Sie das wirklich?", fragte die Bürgermeisterin schnell. „Denken Sie drüber nach, Nora. Die Spannungen in dieser Stadt steigen. Dieser kriegerische Akt war wirklich unvermeidlich, wenn man bedenkt, wie unvereinbar Werwölfe mit dem Rest der zivilisierten Gesellschaft sind. Die Leute suchen nach sicheren Orten, wo sie ihre Familie ohne Angriffsrisiko hinbringen können. Denken Sie wirklich, es ist verantwortungsvoll, ein Diner zu betreiben, das eine so giftige Mischung von Kulturen fördert?"

Mir blieb der Mund offenstehen, aber ich konnte ihn nicht sofort schließen. Schließlich schaffte ich es: „Ja, ich denke, es ist verantwortungsvoll, Leuten aller Art zu erlauben, im selben Restaurant zu essen."

„Hmm ...", sagte Esperia und hob eine Augenbraue in Springsongs Richtung.

Die Hohepriesterin übernahm. „Sie sind neu in der Stadt und haben nicht gesehen, wie schlimm es werden kann. Wenn diese langjährigen Spannungen hochkochen, ist es meistens am besten, alle getrennt zu halten, bis sie sich wieder sicher fühlen. Es muss nur eine vorübergehende Maßnahme sein."

„Ich bin vielleicht neu in der Stadt, aber ich weiß, wie Leute funktionieren. Niemand bekommt *weniger* Angst vor denen, die anders sind, wenn man den Kontakt einschränkt. Es ist einfacher, Leute zu hassen, wenn man nur über sie liest, als wenn man sich hinsetzt und gemeinsam isst. Und ich weiß, dass es zehnmal so lange dauert, Freiheit zurückzugewinnen, als es dauert, sie genommen zu bekommen." Ich klang jetzt ein bisschen wie Liberty Freeman, aber, hey, es gibt definitiv schlechtere Vorbilder als den Dschinn.

Die Priesterin nickte. „Es ist Ihr gutes Recht, solche fehlgeleiteten Überzeugungen zu pflegen. Es ist jedoch die Aufgabe der Bürgermeisterin, für die Sicherheit der Bürger zu sorgen. Es ist nicht ihre Aufgabe, jedem zu erlauben, an Illusionen eines friedlichen Zusammenlebens festzuhalten, besonders wenn dieses Zusammenleben nicht mehr friedlich ist." Sie deutete auf das Diner. „Ich würde sagen, ein Silberangriff auf Werwesen ist alles andere als harmonische Integration, und das an einem Ort, von dem Sie behaupten, dass er sie fördert."

Ich konnte immer noch nicht ganz nachvollziehen, warum sie hier waren, aber ich glaubte zu riechen, worauf sie mit ihren Argumenten hinauswollten – und es stank. „Es geht um das Werwolf-Schutzgesetz."

Bürgermeisterin Esperia winkte ab. „Oh, so nennen wir es nicht mehr, und wir haben die größere Gesetzgebung vorerst auf Eis gelegt. Wir setzen jedoch notwendige Maßnahmen um, um ein paar kleinere Gesetze voranzutreiben, die den Bürgern von Eastwind erlauben, die Sicherheit ihrer eigenen Häuser ohne Furcht zu verlassen."

Oh Mann. Ich konnte mir gut vorstellen, was sie im Sinn hatten. „Und die wären?"

„Derzeit unterstützen wir die Sicherer-Hafen-Gesetze, die massive öffentliche Unterstützung gefunden haben."

Sicherer Hafen? Ich war nicht sicher, was das bedeutete, aber ich hatte in der Schule 1984 als Pflichtlektüre gelesen und erkannte einen raffinierten Regierungseuphemismus, wenn ich einen hörte. „Was genau erlauben die Sicherer-Hafen-Gesetze?"

„Ganz einfach, dass jeder Geschäftsinhaber jedem den Service und Zutritt verweigern darf, den er als Bedrohung für seine Sicherheit und die seinen Kunden ansieht. Geschäftsinhaber können zum Beispiel Schilder aufhängen, die ihre Läden als ,werwolffreie Zonen' ausweisen."

„Oder hexenfreie Zonen?", fragte ich.

Esperias Nase zuckte . „Ich schätze schon, aber wer würde das wollen? Das würde das Geschäft sofort ruinieren."

„Angesichts dessen, dass gerade eine Hexe eine Gruppe Werwölfe vor einem Zeitungsredakteur angegriffen hat, vermute ich, dass ziemlich viele Geschäftsinhaber Hexen ausschließen wollen, sobald sie die Gelegenheit dazu haben."

„Unwahrscheinlich. Es würde ihre Geschäfte im Handumdrehen ruinieren. Jeder weiß, dass die Kaufkraft von Hexen die Wirtschaft von Eastwind am Laufen hält."

Ich vermutete, sie meinte, dass sie, falls irgendein Inhaber das tun würde, sein Geschäft mit allen Mitteln, die ihr zur Verfügung standen, einschließlich der Macht des Zirkels, ruinieren würde.

„Und wird sich diese ‚sicherer Hafen'-Sache negativ auf Geschäfte auswirken, die sich entscheiden, nicht zu diskriminieren?"

Esperia wirkte entsetzt. „Natürlich nicht. Anders als Sie zu glauben scheinen, unterstützen wir stark das Recht eines Geschäfts, zu entscheiden, wie es betrieben wird. Darum geht es hier."

„Natürlich", sagte ich und biss mir auf die Zunge, um den Rest zurückzuhalten.

Nur weil das Gesetz einem Laden wie dem Medium Rare oder sogar Sheehan's Pub erlauben würde, weiter alle zu bedienen, bedeutete das nicht, dass der Zirkel und Esperia nicht andere Wege finden würden, um diejenigen, die mit ihrer Panikmache nicht einverstanden waren, bezahlen zu lassen.

Glücklicherweise würde man wahrscheinlich eher einem Regenbogen in den Deadwoods begegnen, als dass der Hohe Rat die Sicherer-Hafen-Gesetze verabschieden würde.

Der Hohe Rat bestand aus sieben gewählten Vertretern, die ein breites Spektrum an Kreaturen in Eastwind repräsentierten.

Sie würden vier Stimmen brauchen, damit das Gesetz durchkam, also rechnete ich schnell im Kopf.

Die Bürgermeisterin wäre offensichtlich dafür.

Siobhan Astrid, eine Elfe, könnte auch in diese Richtung

tendieren, obwohl sie ziemlich aufgeschlossen wirkte. Immerhin war sie gut mit Donovan befreundet, und das war nicht leicht, aber wenn sie entlang der Linien aller Elfen und Elfenarten stimmte, einschließlich Feen und Pixies ... nun, wie Hyacinth konnten die ein bisschen elitär sein. Also war Siobhan ein Vielleicht.

Für mich war undenkbar, dass Quinn Shaw, ein Kobold, dafür stimmen würde. Quinn besaß einen großen Anteil an Sheehan's Pub. Die Sicherer-Hafen-Gesetze wären nicht gut fürs Geschäft. Außerdem hatte ich aus meinem Studium mit Oliver gelernt, dass Kobolde in jedem Reich, das sie bereist haben, seit Aufzeichnungen geführt werden, Diskriminierung ausgesetzt waren. Ich konnte mir also nicht vorstellen, dass sie Diskriminierung gegen andere okay fänden.

Obwohl, man weiß nie, oder? Während einige Leute aus ihren eigenen Erfahrungen lernen und für die Rechte anderer kämpfen, gibt es immer die, die den Ungerechtigkeiten entkommen, denen sie ausgesetzt waren, nur um anderen dieselben schrecklichen Dinge anzutun.

Octavia Pantagruel wirkte nicht wie der Typ, der solchen Unsinn tolerieren würde. Nachdem ich so viel Zeit mit Anton in der Küche des Medium Rare verbracht hatte, hatte ich gelernt, dass Oger vielleicht wortkarg sind, aber das bedeutete nicht, dass sie wenig denken. Tatsächlich verbrachte Anton die meiste Zeit außerhalb der Arbeit in der Bibliothek. Wenn Octavia nur halb so viel las wie Anton, würde sie auf keinen Fall für dieses dumme Gesetz stimmen. Leser sind immer die klügsten Leute im Raum, und es braucht kein Genie, um den gefährlichen Pfad zu bemerken, auf den dieser „sicherer Hafen"-Quatsch führte. Ich vermutete, sie würde dagegen stimmen.

Und dann gab es noch Liberty Freeman, den Dschinn, der mit Abstand der beliebteste Bürger in Eastwind war. Er hatte in letzter Zeit selbst genug Misstrauen erlebt, und wenn es etwas gab, das er mehr verabscheute als blinde Vorurteile, dann war es, die Freiheiten der Bürger einzuschränken. Aber stellte ihn das auf die Seite der Kunden, deren Freiheiten eingeschränkt würden, oder der Geschäftsinhaber, deren Freiheiten, zu diskriminieren, erweitert würden? Hm ... das war nicht so klar, wie ich angenommen hatte.

Darius Pine, das Oberhaupt des Werbären-Clans, würde das nicht hinnehmen, oder? Er war die beste Vertretung, die Werwölfe im Hohen Rat hatten, und er nahm seine Verantwortung ernst.

Aber gleichzeitig war er der beste Freund von Ansel, der in letzter Zeit ziemlich angepisst war mit Hexen im Allgemeinen. Er versuchte, Jane zu überzeugen, ihren Job im Medium Rare zu kündigen, und hatte es tatsächlich geschafft, seine Nichte Greta dazu zu bringen, zu gehen. War Darius der Ansicht, dass Werwesen und Hexen nicht miteinander verkehren sollten?

Das konnte er nicht, oder? Nicht, solange er Eva weiter in seiner Lodge auf Fluke Mountain wohnen ließ, richtig?

Und zu guter Letzt war da noch Graf Sebastian Malavic. Wer konnte schon wissen, wo der Vampir bei irgendeinem Thema stand? Meine Annahme war generell, dass er etwas unterstützte, wenn es ihm persönlich nützte, und wenn dem nicht so war, dann unterstützte er es eben nicht. Da er der Einzige seiner Art in der Stadt war, überschnitten sich die Interessen seiner Freunde und seine eigenen. Der einzige Grund, warum er seit Hunderten von Jahren immer wieder gewählt worden war, war, dass er so viel von seinem zweifelhaft erworbenen Reichtum in die Wirtschaft von Eastwind pumpte.

Falls Sie es nicht schon bemerkt haben: Ich war kein Fan.

Aber Ted mochte ihn und sagte, er sei ein guter Verbündeter. Und offensichtlich hatte Bloom irgendwann einmal *etwas* in ihm gesehen.

Vielleicht war die Stimmenverteilung nicht so klar, wie ich gehofft hatte. Vielleicht gab es eine Möglichkeit, dass die Sicherer-Hafen-Gesetze durch den Rat kamen.

Der Inspektor tauchte hinter der Theke auf. „Fertig." Dann begann er, seine Werkzeuge in seinen Aktenkoffer zu packen.

„Und?", sagte ich. „Haben wir bestanden?"

Sein fröhlicher Ausdruck verschwand nicht, als er sagte: „Nein. Ich habe ein bisschen Silber unter diesem Tisch da gefunden."

„Was? Welchem?"

Er zeigte darauf. „Dem da."

Ich eilte hinüber und legte meine Hand darauf. „Diesem?" Ich musste sicher sein.

Er nickte. „Ja."

Ich starrte darauf hinab. Ich hätte schwören können, dass ich jeden Zentimeter davon erwischt hatte.

„Das ist schade", sagte die Hohepriesterin wenig überzeugend. „Nun, es gibt immer ein nächstes Mal."

„Ich bin bereit, morgen nochmal vorbeizukommen", sagte der Inspektor.

„Ja, okay", antwortete ich, da ich keine andere Wahl hatte. „Für welches Department arbeiten Sie nochmal?"

Er lächelte. „Kein Department. Ich arbeite freiberuflich."

„Okay, aber wer bezahlt Sie?" Ich hatte eine starke Vermutung.

„Der Hohe Rat."

Ja. Da war es. Ich drehte mich zu Esperia und Springsong um, die mich schamlos angrinsten. Ich weiß nicht, was ich von ihnen erwartet hatte, Zerknirschtheit? Nein. Ihre Mienen sagten klar: „Und was willst du dagegen tun?"

Es gab nichts, was ich dagegen tun konnte. „Wie heißen Sie eigentlich?"

„Alfred."

„Freut mich, dass meine Steuergelder für die richtigen Dinge ausgegeben werden, Alfred."

Sobald der Inspektor und seine Anhängsel gegangen waren, alle mit geträllerten Wünschen für mehr Glück beim nächsten Mal, schnappte ich mir einen Lappen und verbrachte volle zehn Minuten damit, jeden Millimeter des fraglichen Tischs zu schrubben. Sie konnten mich zwingen, mein Diner einen weiteren Tag geschlossen zu halten, aber irgendwann mussten sie mich wieder öffnen lassen.

Oder?

Kapitel Sechs

Es gab eine Menge Unterschiede zwischen Eastwind und Austin, Texas. Mehr, als ich zählen konnte. Einer davon war, dass in meiner alten Welt ein Gesetzeshüter mir nicht einfach die Adresse eines Tatverdächtigen gegeben hätte, wenn ich danach gefragt hätte.

Aber Tanner tat genau das, als ich ihn nach der Adresse von Efarine Moulton fragte, der Hexe, die die Silberbombe im Diner gezündet hatte.

Da ich die Inspektion nicht bestanden und somit den restlichen Nachmittag freihatte, beschloss ich, der Frau einen Besuch abzustatten und zu sehen, ob mein Geisterradar nicht ein wenig kribbelte, wenn ich ihr Haus betrat. Vielleicht konnte ich Spuren einer früheren Besessenheit entdecken, die Sheriff Bloom übersehen hatte. Hatte ich eine Ahnung, welche Anzeichen das sein könnten? Nein, aber es war einen Versuch wert, zu sehen, ob meine Einsicht sich nicht meldete. Es wäre nicht das erste Mal, dass etwas passierte, wobei ich keine Ahnung hatte, was ich tat, und meine Gaben als Fünfter Wind sagten: *„Wir machen das schon, Dummchen.“*

War es riskant, die Verdächtige zu besuchen, ohne jemandem zu sagen, wohin ich ging? Ja. Aber es gab zu viele Dinge, die nicht zusammenpassten, und da ich plötzlich Zeit hatte, machte es mich ein bisschen nervös.

Ich hatte überlegt, bei Ruby vorbeizuschauen, um Grim mitzunehmen, aber ich wusste, dass es wichtig war, Efarine so weit wie möglich für mich zu gewinnen, um die Wahrheit zu erfahren, und, nun ja, Grim machte nicht immer den besten ersten Eindruck. Ganz zu schweigen davon, dass Efarines Vertrauter wahrscheinlich keinen riesigen, wiederbelebten Höllenhund in seinem Revier schätzen würde. Ich konnte es der Katze nicht verdenken; mir ging es mit Grim oft genauso.

Efarines Haus lag im kleinen Viertel Copperstone Heights, nicht weit von Donovans Haus entfernt, einer Gegend, die hauptsächlich von Hexen bewohnt war. Deshalb war es teuer, und Efarines Haus war keine Ausnahme.

Ich fragte mich, ob Warlock's Wardrobe so gut bezahlte oder ob sie, wie Donovan, aus einer wohlhabenden Familie kam (Barkeeper in Eastwind verdienten ungefähr so viel wie in Texas, was bedeutete, dass man damit keine Hypothek bezahlen konnte).

Die Häuser in diesem Viertel waren älter, aber gut gepflegt. Obwohl sie nicht riesig waren wie die in Hightower Gardens, waren es dennoch die Art von Häusern, die von Generation zu Generation weitergegeben wurden, und einige hatten sogar Namen wie Dawnsong Manor oder The Shadethorn House an den Eingangstoren anstatt Hausnummern.

Es war schade, dass es in diesem Viertel fast nur Hexen und kaum andere Wesen gab, denn sonst hätte ich eines Tages gern dort ein Haus gekauft. Ich wollte immer ein Haus mit einem eigenen Namen. Ashcroft Place? Fifth Wind Manor?

Ja, kreative Namensgebung war immer noch nicht meine Stärke (wie Grim bestätigen konnte und oft tat).

Ich riss mich aus meinen Tagträumen, stieg die steinernen Stufen zu ihrer Haustür hinauf und klopfte.

Es dauerte einen Moment, bis ich jemanden auf der anderen Seite der Tür hörte. Verständlicherweise versuchte sie wahrscheinlich herauszufinden, was ich von ihr wollte. Immerhin war sie beschuldigt worden, einen Anschlag auf mein Diner verübt zu haben. Sie konnte nicht ausschließen, dass ich hier war, um mich zu rächen oder sie zumindest ein bisschen anzuschreien.

Als ich hörte, dass sie nahe an der Tür war, sagte ich: „Efarine. Sind Sie da drin? Ich möchte nur reden. Ich bin nicht wütend auf sie, versprochen."

„Woher soll ich das sicher wissen?", rief sie.

Ich verdrehte die Augen. „Sie können Sheriff Bloom fragen. Sie wird für mich bürgen."

Es folgte eine kurze Pause, dann sagte sie: „Zu viel Aufwand", und öffnete die Tür.

Ihr Zauberstab zeigte direkt auf meinen Bauchnabel, und ich trat schnell einen Schritt zurück und hob die Hände. „Ich bin nur hier, um zu helfen."

Das war wahrscheinlich eine schlechte Idee.

Wenn ich Grim mitgebracht hätte, würde er das sicher bestätigen.

Eine leuchtend orangefarbene Tigerkatze schlängelte sich zwischen ihren Beinen hindurch, als sie ihren Zauberstab senkte, und ich konnte endlich die Luft ausatmen, die ich angehalten hatte.

„Kommen Sie rein. Ich habe vergessen, dass Sie ein Fünfter Wind sind und absolut nichts mit einem Zauberstab anfangen können." Sie winkte mich herein. „Haben Sie überhaupt einen?"

„Ja, ich habe einen." Er steckte in meinem Hosenbund, obwohl er, wenn es darum ging, mich zu verteidigen, wahrscheinlich nützlicher wäre, um jemandem ein Auge auszuste-chen, als einen Zauber zu wirken.

„Tee?"

„Ja, bitte."

Während sie hinausging, um ihn vorzubereiten, machte ich es mir auf dem Sofa im Salon bequem. Das rosa-grüne Blumenmuster war vom Alter verblasst, und die Kissen waren in der Mitte platt, aber die hölzernen Armlehnen waren schön poliert und gepflegt. Vielleicht ein Familienerbstück? Alles in dem Raum wirkte wie ein Kandidat dafür. Es sah aus wie das typische Haus einer Großmutter ... es war voller Möbel *ihrer* Großmutter. Es war, als würde man in eine Zeitkapsel treten, die nicht ganz richtig erhalten war. Eine verzierte Kuckucksuhr hing über dem Kamin, aber der Sekundenzeiger tickte immer wieder zur gleichen Zahl.

Das Geräusch erinnerte mich an das Ticken der Silber-bombe, die Efarine im Diner abgestellt hatte. Wie funktio-nierten Uhren hier? Das war eines der kleinen Details, mit denen ich mich nie befasst hatte. Funktionierten sie durch komplizierte Zahnräder oder durch Magie? Angesichts der Zeit, die es braucht, ein Meisteruhrmacher zu werden, war Magie sicher die bequemere Option.

Der orangefarbene Vertraute saß aufrecht und wachsam unter der Uhr, starrte mich an und wedelte ununterbrochen mit dem Schwanz. Ich wusste nicht viel über Katzen, aber ich vermutete, dass diese männlich war. So funktionierte es meis-tens zwischen Hexen und ihren Vertrauten. Wenn die Hexe weiblich war, war ihr Vertrauter meist männlich, und umge-kehrt. Zwei offensichtliche Ausnahmen von dieser Regel waren Donovan und Eva, die beide das gleiche Geschlecht hatten wie ihre Vertrauten Gustav und Zola. Es musste eine tiefere Logik dahinter geben, die ich noch nicht verstand (wie üblich), aber ich machte mir nicht viele Gedanken darüber.

Ich war zu sehr damit beschäftigt, meiner Nase in gefährliche Situationen zu folgen.

Wenn Katzen böse starren konnten, tat diese genau das. Ich fragte mich, was in seinem pelzigen kleinen Kopf vorging, was er Efarine hinter meinem Rücken über mich sagen würde, wenn sie ins Wohnzimmer zurückkehrte.

Ich spürte eine knochentiefe Kälte, die mich umgab, genau in dem Moment, als Efarines Vertrauter einen Katzenbuckel machte, sich abrupt umsah und dann in Richtung Küche davonrannte.

Mein Geisterradar schlug aus, kurz bevor ich sie entdeckte. Sie saß auf dem Sofa neben mir und starrte mich unverhohlen an. „Der andere Fünfte Wind wollte nicht mit mir reden", sagte Perdita. „Tatsächlich war sie ziemlich unhöflich. Ich mag dich viel lieber. Und ich habe nachgedacht, und du könntest recht haben. Vielleicht. Ich bin noch nicht sicher."

„Das ist alles schön und gut", flüsterte ich. „Aber jetzt ist wirklich nicht der richtige Zeitpunkt." Dann, bevor sie verschwinden konnte: „Warte, warst du das?"

„Was war ich?", fragte sie und blinzelte unnötigerweise, da sie keine echten Augen hatte, die feucht bleiben mussten.

„Bist du der Geist, der Efarine besessen hat?"

Sie kicherte. „Wer beim Erntemond ist Efarine?"

„Die Frau, in deren Haus du bist", zischte ich. „Hast du sie besessen?"

Perdita sah sich um, und während sie die Details ihrer Umgebung betrachtete, wurde ihre Miene angespannt. „Igitt, warum sollte ich das tun? Dieses Wohnzimmer ist wie das Eastwinder Museum der alten Schachteln. Bäh. Ich verschwinde hier. Wir reden später!"

Sie verschwand, gerade als die Kuratorin des Museums wieder das Wohnzimmer betrat.

Efarine stellte ein silbernes Teetablett auf dem rustikalen

Eichentisch vor mir ab, bevor sie sich in einem nicht passenden Sessel zu meiner Rechten niederließ. „Er braucht noch ein paar Minuten zum Ziehen."

„Großartig, danke." Ich war mir nicht sicher, wo ich anfangen sollte, und Perditas Auftauchen hatte mich aus dem Konzept gebracht, also stürzte ich mich auf das naheliegendste Thema: „Wie funktionieren Uhren?" Ich merkte sofort, wie idiotisch das klang. „Was ich meine, ist, laufen sie mit Magie?" Ich nickte zur Uhr über dem Kamin, und ihre Augen folgten meinem Blick.

„Manche ja, manche nicht. Kommt darauf an, wer sie macht. Wenn sie von Hexen gemacht sind, laufen sie immer mit Magie. Die Elfen bestehen darauf, sie ohne Magie laufen zu lassen. Sie sind sehr stolz darauf. Ihre Vorliebe für Handwerkskunst werde ich nie verstehen. Die hier ist natürlich von Hexen gemacht." Sie seufzte. „Leider ist sie ein paar hundert Jahre alt, und die Zauberarbeit wird ein bisschen schwach. Ich habe vor, sie zu Ezra Ares zu bringen, um zu sehen, was er tun kann, aber Sie wissen, dass man solche Dinge leicht vergisst, und jetzt stehe ich unter Hausarrest, also muss das noch ein bisschen warten."

„Apropos", sagte ich und fand meinen Einstieg. „Sind Sie sich bewusst, wofür Sie unter Hausarrest stehen?"

Sie kicherte. „Natürlich. Sie und ein paar andere behaupten, sie hätten mich in dieses werwolfverseuchte Diner in den Outskirts gehen sehen, um irgendeine Silbervorrichtung auszulösen. Ausgerechnet in den Outskirts!"

Ich ignorierte ihre spitzen Bemerkungen gegen Werwölfe, die Outskirts und mein Diner. „Genau. Ich habe Sie gesehen. Zusammen mit mindestens drei anderen, einer davon ein Deputy."

„Tanner? Oh, der arme Junge spielt immer noch Verkleiden, nicht wahr?" Sie beugte sich vor, um den Tee einzuschenken, und ich widerstand dem Drang, ihr einen Klaps auf den Hinterkopf zu geben.

„Bloom hätte ihn nicht eingestellt, wenn er nicht für den Job geeignet wäre."

Sie hielt inne, der Ausguss der Teekanne schwebte über einer der Tassen, während sie mir einen zweifelnden Blick zuwarf. „Dann verstehen Sie nicht, wie verzweifelt diese Stadt nach mehr Gesetzeshütern ist. Niemand will diesen Job. Es sollte niemanden überraschen, dass der Einzige, der sich beworben hat, ihn bekommen hat. Dieser Culpepper-Junge – dieser arme Tropf – ist der Einzige, der naiv genug ist, zu denken, dass er etwas bewirken kann."

„Nein", sagte ich und presste meine Hände zusammen, damit ich nichts Dummes mit ihnen anstellte. „Er ist nicht der Einzige. Es gibt viele von uns, die denken, dass wir etwas verbessern können."

Sie sah mich nicht an, während sie meine Tasse füllte und mir das zarte Porzellan reichte. „Ich finde es einfach wunderbar, dass Sie das glauben." Als sie sich in ihren Sessel zurücklehnte, Teetasse und Untertasse in der Hand, fiel es mir schwer, das selbstgefällige Grinsen in ihrem Gesicht zu ignorieren.

Wie konnte sie so selbstgefällig sein? Sie war diejenige, die unter Hausarrest stand!

„Obwohl", fuhr sie fort, „ich muss sagen, dass es schön ist, zu wissen, dass jetzt einer von uns im Sheriff's Department ist. Klar, ein Engel ist normalerweise ganz in Ordnung, aber dieser Manchester ... wirklich! Ein Werelch in der Strafverfolgung? Wie konnte jemand denken, dass das für die Hexen dieser Stadt nicht hässlich wird?"

„Stu Manchester ist ein großartiger Deputy", sagte ich, obwohl ich zugeben musste, dass ich ihm in letzter Zeit ziemlich oft hatte helfen müssen. Das lag aber hauptsächlich daran, dass er so überfordert war, die ganze Stadt allein zu bewältigen, während Bloom mit all dem Papierkram des Hohen Rates in ihrem Büro festsaß. Jetzt, wo Stu nicht die ganze Nacht arbeiten und den ganzen Tag auf Abruf sein musste, konnte er viel besser funktionieren. Und letztlich meinte der Mann es gut. Wenn nicht, würde Bloom ihn nicht behalten.

„Hmm." Sie starrte mich über den Rand ihrer Tasse an, während sie einen Schluck trank. „Deshalb sind Sie hier, nicht wahr? Weil das Sheriff's Department seinen Job so gut macht? Deshalb haben sie die hellseherisch begabte Aufräumtruppe geschickt? Ich frage mich, was sie erwarten, dass jemand wie Sie, ohne jede Ausbildung in der Strafverfolgung, finden soll, was sie nicht gefunden haben?"

„Niemand hat mich hergeschickt, Efarine. Ich bin aus eigenem Antrieb hier. Bloom sagte: Sie behaupten, nie im Diner gewesen zu sein. Ich weiß genau, dass ich Sie dort gesehen habe. Das hier?" Ich deutete zwischen uns. „Das ist, weil ich mich entschieden habe, vorerst zu glauben, dass Sie nicht lügen. Das ist mehr, als die meisten Leute Ihnen zugestehen werden, wenn sie hören, was passiert ist. Sie sagen, Sie waren nicht dort, ich weiß genau, dass ich Sie dort gesehen habe. Diese Situation schreit förmlich nach Besessenheit."

Sie kicherte, scheinbar unbeeindruckt. „Sie denken, ich war besessen, habe eine Silberbombe gebaut und bin den ganzen Weg in den gefährlichsten Teil der Stadt zu Fuß gekommen, um sie in Ihrer kleinen, unbedeutenden Frittenbude auszulösen?"

Wenn sie es so ausdrückte ... „Ja. Das denke ich."

Sie seufzte schwer. „Ich habe Bloom schon gesagt, dass ich die ganze Zeit hier gelesen habe."

„Und woher wollen Sie das wissen? Sie könnten eine Stunde lang bewusstlos gewesen sein, oder? Sie können die Zeit kaum wirklich im Auge behalten mit diesem Haufen Feuerholz an der Wand." Ich nickte zur Kuckucksuhr und vermutete, dass die Beschreibung bei ihr nicht gut ankommen würde, was mir mittlerweile egal war. Ich hatte recht.

Die Haut um ihren Mund wurde blass, als sie die Lippen fest zusammenpresste.

„Das wäre nicht das Seltsamste, was ich von einer besessenen Person gehört habe", fuhr ich fort. Zoe Clementine hatte versucht, sich selbst zu ertränken, Fänge und Klauen! Und Oliver Bridgewater hatte versucht, Graf Malavic in seinem Sarg zu begraben, etwas, das selbst die dümmste Hexe nicht versuchen würde, und Oliver war alles andere als dumm.

Oh, und der süße kleine Landon Hawker hatte versucht, ein ganzes Restaurant voller Leute zu ersticken. Besessenheit konnte ein echter Stimmungskiller sein.

„Es war *keine* Besessenheit." Ein Muskel zuckte in ihrem Kiefer, als sie den Mund abrupt wieder zupresste. „Ich würde mich nie von irgendeinem rastlosen Geist zwingen lassen. Auf derart niedrige Magie lasse ich mich nicht ein."

Mann, sie wusste wirklich, wie man einen alles andere als subtilen Schlag austeilte, oder? Ich war mir nicht sicher, warum sie mich so hasste, aber das Warum schien angesichts ihrer Feindseligkeit irrelevant. Es hatte keinen Sinn, sich darüber aufzuregen. Ich war hier, um Informationen zu bekommen. „Keine Sorge, das passiert den besten Hexen. Wenn ein bösartiger Geist von Ihnen Besitz ergreifen will, gibt es nicht viel, was Sie tun können. Es wäre kein Eingeständnis von Schwäche in Magie oder Herkunft, zuzugeben, dass es möglich ist, dass Sie beim Lesen die Zeit aus den Augen verloren haben."

Sie nippte an ihrem Tee und starrte auf den verblassten Teppich, der vielleicht irgendwann einmal pfirsichfarben gewesen war. Etwas lag ihr auf der Zunge, ich konnte es spüren. Ich wartete schweigend, um sie nicht davon abzubringen.

Und dann, sobald sie sprach, bereute ich, geschwiegen zu haben.

„Es ist Landon Hawker, nicht wahr?"

„Was?" Ich verschüttete versehentlich heißen Tee auf meine Hand, zischte, und stellte die Tasse auf das Tablett, bevor ich mehr verschüttete. Ich saugte die brühheiße Flüssigkeit von meiner Hand und starrte sie an.

Sie grinste triumphierend. „Die fünfte Hexe in Ihrem kleinen illegalen Zirkel. Es ist Landon, oder? Das habe ich mir von Anfang an gedacht. Es gibt eine Belohnung, wissen Sie."

„Eine Belohnung? Wofür?"

„Für Informationen, die zur Entdeckung des Nordwinds führen."

„Ich weiß nicht, wovon Sie sprechen."

„Oh bitte. Jeder weiß, dass Sie den ersten vollständigen Zirkel gebildet haben, den Eastwind seit dem Ende des letzten Krieges gesehen hat. Sie sind offensichtlich der Fünfte Wind darin – zu gut für jeden *bestehenden* Zirkel, wie ich sehe –, Ihre unmögliche Kellnerin ist der Südwind, Deputy Gutmensch ist der Westwind, und Donovan Stringfellow, der sich wie üblich unter seinem Niveau bewegt, ist der Ostwind. Das ist gut dokumentiert durch mehrere Augenzeugen."

„Ah, plötzlich zählen mehrere Augenzeugen?"

Sie ignorierte meine Bemerkung. „Also lautet die Frage, wer der letzte ist. Es muss ein Nordwind sein, der nicht schon Teil eines anderen Zirkels ist, und das lässt nur wenige Möglichkeiten. Angesichts der Tatsache, dass Landon schonmal mit Ihnen in Sheehan's gesehen wurde und sich in letzter Zeit sehr bedeckt hält, ist es ziemlich offensichtlich, oder?"

„Er ist es nicht", sagte ich ohne einen Hauch von Schuldgefühlen angesichts der Lüge. „Netter Versuch."

„Ah, aber es gibt einen neuen Zirkel?"

Einhornäpfel. Ich hatte das irgendwie angedeutet, oder? Na ja. Ganz Eastwind vermutete es sowieso schon. Dass irgendeine neugierige Hexe es wusste, würde nichts ändern. „Ja, es gibt ihn. Aber Sie werden nicht herausfinden, wer der Nordwind ist, und es spielt keine Rolle. Wir haben nicht vor, ein weiteres Verbindungsritual durchzuführen.“

Sie kicherte. „Oh sicher. Niemand hat das je vor. Es ist eine Sache der Notwendigkeit! Sie wären überrascht, wie oft es notwendig ist.“ Sie grinste selbstgefällig. „Jetzt, da ich unter Hausarrest stehe, habe ich alle Zeit der Welt, um herauszufinden, wie ich beweise, dass es Landon ist. Und wenn ich das tue, werde ich die Belohnung kassieren und so gut dastehen, dass ich nie wieder arbeiten muss.“

Ich stand abrupt auf. „Wird nicht passieren. Sorry, dass ich Ihren Plan durchkreuzen muss.“ Ihr Vertrauter fauchte mich an, als ich zur Tür ging, aber Efarine blieb sitzen und sah mir nach. Als ich die Hand auf den Türgriff legte, hielt ich inne, da mir einfiel, dass ich eine entscheidende Frage vergessen hatte. „Wer hat die Belohnung ausgeschrieben?“

„Niemand weiß es. Die Zeitung hat es geschrieben, ohne Namen zu nennen. Fünfhundert Goldstücke. Offenbar will jemand es dringend herausfinden. Mein Tipp ist, sie wollen die Bedrohung eliminieren, bevor ihr fünf rücksichtslosen Außenseiter uns alle versehentlich umbringt.“

Mir blieb der Mund offenstehen, und ich klappte ihn zu. Es gab so viel auf einmal zu sagen, also entschied ich mich, meine Atemluft nicht an sie zu verschwenden, riss die Tür auf und machte mir nicht einmal die Mühe, sie hinter mir zu schließen.

Ich war keinen Schritt näher dran, herauszufinden, was im Medium Rare passiert war, und jetzt verstand ich, in welch großer Gefahr wir alle schwebten, sollte der Verdacht gegen Landon zu etwas Konkreterem und Beweisbarem werden.

Eastwind würde uns nicht nur misstrauen, sie könnten tatsächlich versuchen, uns zu töten.

Dann fiel es mir ein. Selbst wenn sie die fünfte Hexe nicht fanden, mussten sie nur eine der anderen von uns ausschalten, und der Zirkel wäre gebrochen.

Ich musste von jetzt an wachsamer sein. Und leider würde ich Grim öfter mitnehmen müssen, egal wie viel Bestechung es kosten würde.

Und ich vermutete, er würde mich ausnehmen wie eine Weihnachtsgans.

Kapitel Sieben

Als die Eingangstür von Sheehan's Pub in Sicht kam, entdeckte ich Eva und Donovan durch den Regen, als sie sich aus der anderen Richtung näherten. Sie hielten Händchen, während Donovan den Regenschirm so hielt, dass Eva trocken blieb, während seine Schulter heraushing und nass wurde. Sie hatten die Briefe bekommen, die ich am Nachmittag geschickt hatte, nachdem ich von meinem Besuch bei Efarine zurückgekommen war.

Da der Regen immer noch nicht nachgelassen hatte, hatte ich Ruby überredet, unseren Unterricht abzusagen, und Oliver eine Nachricht geschickt, dass ich ein Kapitel im Lehrbuch vorarbeiten würde, wenn ich den Abend frei bekäme. Wahrscheinlich würde ich das nicht tun, aber was konnte er schon dagegen machen?

Er hatte jedoch zugestimmt. Immerhin schien es zwischen ihm und Zoe schnell heißer zu werden, und sie waren wahrscheinlich beide begeistert, dass er seinen Abend nicht mit einer anderen Frau verbringen musste.

Ich nickte zum Gruß und hielt die Tür für Eva und Donovan

auf. Es wäre ideal gewesen, wenn Tanner an dieser Diskussion hätte teilnehmen können, aber er arbeitete, also würde ich ihn später auf den neusten Stand bringen.

Ich hatte überlegt, vorzuschlagen, uns woanders als im Sheehan's zu treffen, da Grim sich weigerte, dorthin zu gehen, hauptsächlich wegen der klebrigen Böden und der allgemeinen Dunkelheit, die in Kombination mit seinem pechschwarzen Fell bedeutete, dass er öfter getreten wurde als gestreichelt.

Aber der Pub war trotz seiner Ruppigkeit und der gelegentlichen Schlägereien einer der besten Läden in der Stadt, um ein unauffälliges Gespräch zu führen, ohne belauscht zu werden. Die andere Option war die Lyre Lounge, wo wegen ihrer protzigen Einrichtung, überteuerten Getränke und schlechten Musik kaum jemand hinging. Ich hatte dort vor nicht allzu langer Zeit Liberty und seine Freundin Emagine getroffen, und es hatte gut funktioniert, vor allem, weil der Dschinn einen Schutzschild um uns herum erschaffen konnte, der unser Gespräch vor Außenstehenden abschirmte, aber wichtiger noch, Echos laute Musik aussperrte.

Ich dachte, die Chancen, Eva und Donovan dazu zu bringen, an einem Abend, der perfekt für günstige Drinks war, in die Lyre Lounge zu gehen, wären gering, und nachdem ich Efarines herablassende und elitäre Einstellung erlebt hatte, glaubte ich nicht, dass ich noch mehr davon von Echo Chambers, dem Satyr aus Avalon, der subtile Beleidigungen als Sport zu betrachten schien, ertragen konnte.

Wir holten eine Runde Bier bei Fiona an der Bar und suchten dann nach einem guten Platz, wo wir nicht belauscht werden konnten. Es war ein Werktag, und der Pub war nicht besonders voll, obwohl ich vermutete, dass das zum Teil an der unterschwelligen Angst lag, die sich nach jedem stark publizierten Verbrechen breitmachte.

Das erste vermeintliche Verbrechen, das für politische Zwecke ausgenutzt wurde, war Graces Verschwinden. Und obwohl später bewiesen worden war, dass die Leiche, die direkt vor dem Scandrick-Anwesen gefunden wurde, nicht die der Nordwindhexe war (oder überhaupt jemandes), war der Samen der Angst bereits gesät und hatte Wurzeln geschlagen, und es ist zehnmal schwerer, falsche Informationen zu korrigieren, als sie überhaupt erst gar nicht zu verbreiten.

Dann war der Liebeszauber passiert. Obwohl er weder einer Hexe noch einem Werwesen angelastet wurde und beide Dschinns der Stadt als unschuldig entlastet worden waren, war nie öffentlich bekanntgegeben worden, wer tatsächlich dahintersteckte – ein Archetyp. Bloom glaubte, die Erwähnung eines Archetyps in Eastwind würde mehr Angst auslösen, als sie lindern würde, aber ich war mir da nicht so sicher. Unsicherheit führte zu Spekulationen, und viele Eastwinder hatten diese Gelegenheit genutzt, um diejenigen zu beschuldigen, denen sie ohnehin am wenigsten vertrauten, und so ihre eigenen Vorurteile zu verstärken.

Und jetzt hatte eine Hexe in einem Werwolfviertel ein Attentat verübt. Ich konnte verstehen, warum so viele Leute Angst hatten.

Aber das bedeutete nicht, dass ich es nicht für dumm hielt.

Es war nicht so, als hätte es in Eastwind jemals eine Zeit ohne Verbrechen gegeben – keine Angriffe, keine Diebstähle, keine Morde. So war es immer gewesen, aber dank der scheinbar konzertierten Bemühungen der *Eastwind Watch* und des liebreizenden Hohen Rates (unterstützt vom Zirkel) glaubten die Leute plötzlich, dass jedes einzelne Verbrechen etwas bedeutete.

Wenn einer Hexe etwas gestohlen wurde, konnte es nicht einfach daran liegen, dass sie etwas Wertvolles besaß und jemand anderes es haben wollte. Nein, jetzt wurde es als direkter Angriff auf alles Hexenhafte gesehen. Und wenn jemand einen Werwolf schlug, der mit seiner Freundin geflirtet hatte, war das offensichtlich ein weiterer Beweis dafür, dass die gesamte Stadt Eastwind alle Werwesen hasste.

Obwohl ich die hässliche Richtung sah, in die die Angst steuerte, und wie lächerlich sie war, hatte ich keine Ahnung, was ich tun konnte, um sie aufzuhalten.

„Da drüben", sagte Eva und zeigte auf die Ecke, wo eine große, runde Nische frei war.

„Perfekt."

Wir trugen unsere Getränke hinüber und rutschten hinein, Eva in der Mitte.

„Was gibt's Neues?", fragte Eva. „Haben sie den Nordwind schon gefunden?"

Donovan schnaubte. „Wenn sie ihn gefunden hätten, bräuchte Nora es dir nicht zu erzählen. Sie würden an unsere Türen hämmern."

Ich zeigte auf ihn. „Bingo! Darüber will ich sprechen. Wusstet ihr, dass jemand eine Belohnung für Informationen ausgesetzt hat, die zu besagtem Nordwind führen?"

Evas Mund blieb offenstehen. „Du machst Witze."

Donovan nickte. „Ja, das habe ich in der Zeitung gesehen."

„Mir war wohl nicht bewusst, was für eine große Sache ein vollständiger Zirkel ist", sagte ich. „Ich wusste, dass die Leute erschrocken und nervös reagieren würden, aber ich hätte nicht gedacht –"

„Dass sie den Verstand verlieren, Fänge und Klauen?", ergänzte Donovan. „Ja. Absolut."

„Selbst wenn sie den Fünften nicht finden, könnten wir in echten Schwierigkeiten stecken", sagte ich. „Wenn die Suche sie frustriert, könnten sie das Problem einfach lösen, indem, na ja, ihr wisst schon."

„Indem sie einen von uns töten", beendete Donovan wieder. „Ja, das habe ich mir auch überlegt."

„Ich nicht", sagte Eva und starrte ihn an. „Warum hast du nichts davon gesagt?"

„Ich dachte, du wüsstest es."

Sie schlug ihm auf die Brust. „Warum sollte ich das wissen? Ich bin noch nicht mal ein Jahr hier! Du bist der schlechteste Lehrer der Welt. Ich hätte darum bitten sollen, mit Oliver zu arbeiten."

Er lehnte sich von ihr weg, als sie noch einmal nach ihm schlug. „Sorry, sorry. Ich vergesse immer wieder, dass du so neu bist. Es fühlt sich einfach an, als würden wir uns schon so lange kennen, dass –"

„Oh nein", sagte sie und starrte ihn an. „Das zieht nicht." Aber ich konnte sehen, dass sie ein Lächeln unterdrückte.

Donovan zuckte mit den Schultern. „Versuchen musste ich es zumindest."

„Da ist noch was", sagte ich, „und du weißt wahrscheinlich mehr darüber, Donovan. Als ich mit Efarine gesprochen habe, hat sie erwähnt, dass es seit dem Ende des Krieges keinen vollständigen Zirkel mehr gab. Ich wusste, dass es Hunderte von Jahre her ist und der Krieg vor etwa dreihundert Jahren geendet ist, aber ... hängen diese beiden Dinge zusammen?"

Eva und ich starrten Donovan an, dem Einzigen von uns, der sich so weit in der Geschichte von Eastwind auskennen konnte.

Er sah zwischen uns hin und her und sagte: „Oh, ich habe keine Ahnung. Ich war ein schlechter Schüler. Geschichtsstunden fand ich immer zum Einschlafen."

Eva verdrehte die Augen. „Wozu bist du überhaupt gut?"

Er grinste auf sie herab. „Ich habe andere, nützlichere Fähigkeiten, die dir zu gefallen scheinen."

Ich verschluckte mich an meinem Bier und schaffte es

gerade so, es nicht auf den Tisch zu spucken. Dann trank ich ein paar lange Schlucke. Was Eva und Donovan hinter verschlossenen Türen trieben, wollte ich wirklich nicht wissen.

Und es war nicht, weil ich immer noch Gefühle für ihn hatte. Die hatte ich nicht.

Ich war über ihn hinweg. Komplett.

Oder, na gut, weitgehend.

Okay, *einigermaßen*.

Genug, um voll in meine feste Beziehung mit Tanner investiert zu sein, das können Sie mir glauben.

„Seht mal, wer da ist!", kam eine vertraute Stimme quer durch das Pub. Ich schaute auf und sah Jane herüberkommen. „Macht es euch was aus, wenn ich mich zu euch setze?", fragte sie, als sie den Tisch erreichte.

„Überhaupt nicht." Ich klopfte auf die Bank neben mir, und sie rutschte hinein und stellte ihren Krug lautstark auf den Holztisch. „Ich sag dir was, dieses Nichtstun treibt mich in den Wahnsinn. Ich liebe Ansel, aber er ist in letzter Zeit besonders mürrisch. Er sagt, es liegt am bevorstehenden Vollmond, aber süßes Baby-Jackalope! Ich bin genauso davon betroffen wie er, und ich bin nicht die ganze Zeit gereizt."

„Du bist schon ein bisschen gereizt", sagte ich. „Aber keine Sorge. Ich liebe dich so oder so."

„Es gibt einen Unterschied zwischen keinen Unsinn dulden und gereizt zu sein", sagte sie. „Und egal, in welcher Phase der Mond ist, du weißt, dass ich es nicht ausstehen kann, wenn Leute ihre emotionalen Einhornäpfel in meine Richtung schleudern."

Ich hob mein Glas, und wir stießen an, bevor sie sich den anderen zuwandte. „Warum die langen Gesichter?" Bevor jemand antworten konnte, sagte sie: „Oh, lasst mich raten. Was mit dem Zirkel und/oder dem Hohen Rat?"

„Überraschenderweise nein", sagte Donovan. „Diesmal nicht."

Jane zuckte mit den Schultern. „War einen Versuch wert. Immerhin sind sie der Quell von neunundneunzig von hundert Kopfschmerzen in dieser Stadt."

„Da widerspreche ich dir nicht", sagte Donovan, der hundertste Kopfschmerz, meiner sehr bescheidenen Meinung nach. „Ansel wollte nicht mitkommen, nehme ich an?"

Jane zögerte einen Moment. „Nun ... ich habe ihn nicht eingeladen. Ich habe ihm nur gesagt, dass ich aus dem Haus muss, und bin gegangen. Ehrlich gesagt, er verbringt so viel Zeit mit Werbären, dass er anfängt, seinen Rücken an allem zu reiben, ohne es zu bemerken, und ich" – sie legte eine Hand an ihre Stirn – „ich kann damit einfach nicht umgehen. Er hat es neulich gemacht, während ich mit ihm gesprochen habe, ist einfach zum Türrahmen gegangen und hat angefangen, sich daran zu reiben. Hat nicht mal bemerkt, dass er es getan hat! Wenn das kein Grund ist, nur mit seiner eigenen Art Umgang zu pflegen, weiß ich auch nicht."

„Er ist heute Abend mit Darius unterwegs, nehme ich an?", fragte ich.

„Normalerweise wäre er das, aber nicht heute Abend. Anscheinend hat Darius ein Date."

„Wirklich?", fragte Eva und schmunzelte. „Davon hat er mir nichts erzählt."

„Wahrscheinlich, weil er immer noch mit dir zusammen sein will", sagte Donovan düster.

Sie starrte ihn an. „Ihre Eifersucht zeigt sich. Und Sie wissen, dass es nicht so ist."

„Wer ist sein Date?", fragte ich Jane. „Ich dachte, er hätte alle Möglichkeiten bei den Werbären ausgeschöpft."

Irgendwann musste Darius die falsche Frau verärgert haben, die ihn verflucht hatte, denn sein Liebesleben war so verkorkst, wie es nur sein konnte. Ich hatte noch nie einen netteren, attraktiveren und erfolgreicheren Mann gesehen, der es einfach nicht schaffte, eine Frau an sich zu binden, egal wie sehr er sich bemühte.

„Oh, hat er", sagte Jane. „Es ist aber kein Werbär. Es ist eine Hexe."

Ich hob eine Augenbraue. „Wirklich? Eine Hexe?"

Sie nickte.

„Ich dachte nur, er würde keine Hexe daten wollen."

Sie zuckte mit den Schultern. „Nur, weil er mit Ansel abhängt, heißt das nicht, dass er wie Ansel einen Zauberstab im Allerwertesten hat, wenn es um Hexen geht. Zumindest nicht, wenn es um Herzensangelegenheiten geht."

Donovan lachte. „Es ist süß, dass du denkst, dass sein Herz die Führung übernimmt."

„Wer ist sie?", fragte Eva. „Kennst du sie? Ich frage mich, ob ich sie schonmal in der Lodge gesehen und es nur nicht geschnallt habe."

„Ich glaube, ihr Name war Brianna oder Britney ... Vielleicht Bonnie."

„Warte", sagte Donovan. „Bonnie Bingham?"

Jane schnippte und zeigte auf ihn. „Ja! Das ist die, von der Ansel gesprochen hat."

„Kennst du sie?", fragte Eva ihn.

Er nickte langsam. „Ja. Sie war ein paar Jahre über mir in der Schule. Hatte immer eine Schwäche für Werwesen. Aber ..." Er lehnte sich zur Seite, um an Jane vorbeizusehen.

Ich drehte mich auf meinem Platz, um seinem Blick zu folgen, war mir aber nicht sicher, was er ansah. „Was ist?"

„Sie sitzt genau hier."

Tatsächlich saß eine Hexe in meinem Alter zusammengesunken an einem Zweiertisch, ein fast leerer Cocktail vor ihr, der Platz gegenüber verwaist.

Eva verzog das Gesicht. „Entweder ist das Date nicht gut gelaufen, oder er hat sie versetzt."

Jane wandte sich wieder den anderen zu. „Und wieder eine abgehakt. Fänge und Klauen. Es ist, als wäre Darius absichtlich darauf aus, für immer Single zu bleiben."

„Whoa", sagte Donovan und zeigte zur Eingangstür. „Schau mal, wer da ist! Scheinbar konnte er es nicht ertragen, dass seine Frau ohne ihn Spaß hat."

Ansel hatte gerade den Pub betreten, blieb aber ein paar Meter hinter der Tür stehen und sah sich um. Ich hatte nicht mehr mit ihm gesprochen, seit er versucht hatte, Jane zu überzeugen, im Medium Rare zu kündigen, und ich bereitete mich mental auf die unbehagliche Begegnung vor. Es schien mir genauso wahrscheinlich, dass er hier war, um seine Frau abzuholen und nach Hause zu schleifen (viel Glück damit), wie dass er hier war, um sich zu entspannen und die vielfältige Gesellschaft zu genießen, die es im Sheehan's immer gab.

Jane winkte ihn herüber, und einen Moment lang starrte er sie an, als würde er sie nicht erkennen. Aber dann kam er auf unsere Nische zu.

„Oh Mann", murmelte Jane, bevor sie aus der Nische rutschte, um ihn zu begrüßen.

Als sie die Arme um ihn schlang und ihn küssen wollte, weiteten sich seine Augen, und er wich für einen Moment zurück.

Wow. Ärger im Paradies. Das war kalt.

Aber dann entspannte er sich, nur ein wenig, und ließ sich von ihr küssen. Ja, ich sagte: *ließ sich küssen.*

Und das war verrückt. Ich sah, wie die Männer in dieser Stadt Jane ansahen, obwohl sie mit einem riesigen Werbären verheiratet war, der jeden, der es auch nur wagen würde, einen Finger an sie zu legen, ohne mit der Wimper zu zucken zerfleischen würde.

Die beiden mussten sich gestritten haben, bevor sie das Haus verließ, und Jane hatte es einfach nicht erwähnt, was natürlich ihr gutes Recht war.

Aber selbst sie sah ihn misstrauisch an nach der Zurückweisung, was darauf hindeutete, dass sie das nicht erwartet hatte, was sie sicher getan hätte, wenn sie im Streit auseinandergegangen wären.

„Hol dir einen Drink", sagte sie, „und setz dich zu uns." Sie wandte sich uns anderen zu. „Es macht euch doch nichts aus, wenn Ansel sich uns anschließt, oder?"

Jeder sagte seine eigene Version von „überhaupt nicht".

„Okay", sagte er steif. Dann tat er etwas Seltsames.

Er nahm eine Serviette von der Nische neben unserer und ließ sie direkt neben unserem Tisch auf den Boden fallen. „Oopsie." Als er sich bückte, um sie aufzuheben, tauschten Donovan und ich einen verwirrten und unbehaglichen Blick aus. Ansel verhielt sich definitiv seltsam. Ich glaube nicht, dass ich den überaus selbstbewussten Bärenwandler je „Oopsie" sagen gehört hatte, und ich hätte nie gedacht, dass das Wort überhaupt in seinem Vokabular existierte.

Er richtete sich auf, die Serviette in der Hand. „Ich hole mir jetzt einen Drink." Dann ging er.

„Geht's ihm gut?", fragte ich. „Oder nimmt er irgendwelche neuen Medikamente aus dem Pixie Mixie oder so?"

Jane starrte ihm nach, scheinbar genauso verwirrt wie ich. „Nein. Nicht, dass ich wüsste. Vielleicht – was zum Zauber? Wohin geht er?"

Tatsächlich ging Ansel nicht zur Bar. Stattdessen steuerte er auf den Ausgang zu. Anscheinend war er doch nicht in Stimmung für einen Drink.

„Ich bin gleich wieder da", sagte Jane, bevor sie ihm nachrannte.

Ich wandte mich Eva und Donovan zu, die dem Paar hinterherstarrten. „Da ist irgendwas, oder?"

„Oh ja", sagte Eva. „Das war komisch."

„Schwer zu sagen, was man davon halten soll", sagte Donovan. „Medikamente vom Pixie Mixie waren eine ziemlich gute Vermutung."

„Erst versetzt Darius sein Date", sagte Eva, „dann macht Ansel ... was auch immer das gerade war. Die Leute benehmen sich in letzter Zeit wirklich seltsam." Sie starrte einen Moment lang auf ihren Drink, bevor sie mich ansprach. „Denkst du, es sind nur die Winde der Veränderung?"

„Vielleicht", sagte ich. „Ich weiß nicht viel über das Ausmaß ihrer Kräfte."

„Niemand weiß das", sagte Donovan. „Deshalb ist es so ein *Abenteuer*." Das Wort triefte mehr vor Sarkasmus als Grim, wenn er nass war.

„Irgendwas ist in letzter Zeit in die Leute gefahren, selbst wenn es nicht die Winde sind", fügte Eva hinzu.

Irgendwas, in der Tat. War es ein Geist, der sie kontrollierte?

„Noch eine Runde?", fragte ich.

„Nicht für mich", sagte Eva.

Donovan nickte. „Ich nehme noch einen." Er schob mir sein Glas zu, dann zupfte er am Kragen seines schwarzen T-Shirts und begann, sich Luft zuzufächeln. „Ist es hier drin plötzlich heiß geworden?"

Ich stöhnte. Das war was Sexuelles, oder? Ich überließ ihn der Anmache, die er sich gerade wohl für seine Freundin ausdachte.

Ich rutschte um die Nische und ignorierte das Kichern, gefolgt von Kussgeräuschen.

Aber als ich mein Gewicht auf die Füße verlagerte, stieß ich direkt gegen etwas Warmes und Festes, nur ein paar Zentimeter hinter der Kante der Nische. „Sorry", sagte ich, in der Annahme, ich wäre gegen jemanden gestoßen, während ich auf meine Stiefel starrte und versuchte, nicht ungeschickt zu stolpern. Aber als ich aufsah, war niemand da.

„Was?" Ich versuchte erneut aufzustehen, und diesmal trafen die Krüge, die ich in der rechten Hand hielt, zuerst auf die unsichtbare Barriere, was dazu führte, dass die warmen Reste der Getränke auf mich zurückspritzten. „Hüpfender Jackalope!" Ich wischte die Tropfen von meinem Shirt und blickte wieder auf. Ich konnte nichts sehen, und doch war da eindeutig eine Art Wand direkt vor mir.

Dann dämmerte es mir.

Wir waren gefangen.

Kapitel Acht

„Du hast recht", sagte Eva leise, „hier drin ist es wirklich heiß."

Ich konnte an ihrem Ton hören, dass sie es wörtlich meinte. Und während ich fassungslos auf die unsichtbare Barriere vor mir starrte, begann ich es auch zu spüren. Nichts allzu Verrücktes. Eher wie Ende September in Texas als Mitte Juli.

„Hey, äh, Leute?", sagte ich und blickte über meine Schulter zu ihnen.

„Was gibt's?", fragte Eva.

Ich zögerte, öffnete den Mund und schloss ihn wieder. Schließlich sagte ich: „Ich komme nicht raus."

Donovan rümpfte die Nase. „Bist du schon so betrunken? Du hattest doch nur ein Bier."

„Nein, ich bin nicht betrunken." Plötzlich fühlte es sich an wie Mitte Juli. Ich blinzelte und fragte mich, woher die Hitze kommen könnte, dann sank ich zurück auf die Kante der Nische und stellte die leeren Krüge ab. „Ich meine, ich kann buchstäblich nicht raus. Irgendwas versperrt mir den Weg."

Sie tauschten einen besorgten Blick. „Wenn du diese Runde

nicht holen willst, sag es einfach", brummte Donovan, bevor er auf seiner Seite der Nische herauszurutschen begann.

Ich stöhnte. „Darum geht's nicht – ich wollte sie sowieso auf deine Rechnung setzen. Es ist –"

Weitere Erklärungen waren nicht nötig, als Donovan selbst gegen die Wand stieß, zurückprallte und sich die Nase rieb. „Fänge und Klauen! Was ist das?"

Seine Augen wanderten zwischen der unsichtbaren Barriere und mir hin und her.

„Ja", sagte ich. „Es war kein Witz."

Eva fächelte sich mit beiden Händen Luft zu. „Was ist los mit euch beiden?"

Donovan sagte: „Wir kommen nicht raus. Da ist eine Wand oder sowas." Er streckte eine Hand aus, bis er sie spürte. „Ich kann sie nicht sehen, nur fühlen."

„Was meinst du mit einer Wand?", fragte sie.

„Eine Wand!", sagte er frustriert. Schweißperlen wurden auf seiner Stirn sichtbar. „So eine, aus der sie Gebäude machen!"

Ich streckte die Hand aus und strich mit den Fingern darüber. Sie war warm, aber es würde nicht lange dauern, bis die Luft auf dieser Seite wärmer war. Als ich meine Hand darüber zog, bemerkte ich, dass es keine gerade Wand war, sondern eine gebogene. Sie hatte denselben Bogen wie unsere Nische, nur etwa einen halben Fuß außerhalb der Kante.

Ich sah mich im Pub um. Ich konnte immer noch alles sehen und hören. Was ging hier vor? Jane hatte es geschafft, aufzustehen und ohne Probleme zu gehen.

„Süßes Baby-Jackalope", murmelte Donovan.

Von der Hitze wurde mir schwindelig, als sie sich wie ein Sonnenbrand in meine Haut brannte. „Was? Was ist?"

Er zeigte auf den Boden.

Als ich die Markierungen sah, hatte ich keine Ahnung, was

sie waren, nur dass sie wahrscheinlich damit zusammenhingen.

„Was?", fragte Eva und rutschte zu ihm hinüber. „Was ist?"

„Eine Hexenfalle", sagte Donovan.

Dort, wo die unsichtbaren Wand war, verlief der Rand eines Kreises, der in die Bodendielen geritzt war. Innerhalb des Kreises, der sich unter dem Tisch erstreckte und die Ecknische umfasste, befanden sich seltsame Muster und Symbole. Einige erkannte ich als die, die Oliver mich hatte auswendig lernen lassen wollen, was ich nie getan hatte.

Mann, wer hätte gedacht, dass seine langweiligen Lehrbücher sich tatsächlich als nützlich erweisen könnten?

„Das mag eine dumme Frage sein", sagte ich, „da das Wort wohl selbsterklärend ist, aber was ist eine Hexenfalle?"

„Du hast recht", sagte er, „es *ist* eine dumme Frage." Er hob den Saum seines Shirts, um sich das Gesicht abzuwischen, und ich zwang mich, wegzusehen. „Es gibt verschiedene Arten, aber diese hier scheint entschlossen, uns zu Tode schwitzen zu lassen. Weißt du, vorausgesetzt, sie verbrennt uns nicht vorher."

Eva und ich tauschten einen panischen Blick. „Ich dachte, du hast gesagt, dass sie hier keine Hexen verbrennen", sagte sie.

„Nicht so, wie du es beschrieben hast, aber das heißt nicht, dass es nie passiert ist. Oder dass es nicht passieren kann."

Ich sah mich nach der nächstbesten Person um, die vielleicht helfen könnte.

„Hey!", rief ich.

Zwei Tische weiter blickte Ted von einer offenbar lebhaften Debatte mit Graf Malavic auf. Er winkte. „Hallo, Nora!"

„Komm her!"

Er eilte herüber und begann, in die Nische zu rutschen, bevor ich es verhindern konnte. Ich rutschte schnell zur Seite, um nicht mit ihm zusammenzustoßen, obwohl die eisige Kälte, die der Kontakt mit Ted normalerweise auslöst, vielleicht angenehm gewesen wäre, da ich spürte, wie Schweißperlen meinen Rücken hinunterliefen.

„Es ist schön, dass du mich einlädst, mich zu euch zu setzen. Sagt es dem Grafen nicht, aber diese Geschichte, die er erzählt hat, habe ich schon mindestens dreißig Mal gehört. Ha!"

„Ähm. Wir sind nicht ... Das ist nicht der Grund, warum–"

„Wir sind in dieser Nische gefangen!", schnauzte Donovan. Er sah aus, als wäre er nur Sekunden davon entfernt, sein Shirt auszuziehen, was ... nun ja, ich war mir nicht sicher, ob ich eingreifen würde oder nicht.

„Ihr seid was?", sagte Ted und richtete sich auf. „In der Nische gefangen?"

„Spürst du die Hitze nicht?", fragte Eva.

„Nun, nein, ich spüre nichts. Man braucht Haut dafür, streng genommen. Ich habe keine, ha!"

„Wir denken, es ist eine Hexenfalle", sagte ich und zeigte auf den Boden.

Er lehnte sich vor, um über den Tisch zu sehen. „O du meine Güte. Ja. Das ist eine Hexenfalle." Er rutschte aus der Bank und verließ den Kreis mühelos, um sich zu bücken und sie zu inspizieren. „Hm. So eine habe ich noch nie gesehen. Ihr sagt, euch ist heiß?"

Mittlerweile schwitzten sogar meine Finger. Es war unangenehm, aber ich hatte das Gefühl, dass es noch viel schlimmer werden würde, wenn wir keinen Weg fänden, der Falle zu entkommen. „Wie unter einem Gratinierapparat", antwortete ich.

Er nickte mit seiner Kapuze. „Ja, das ergibt Sinn. Diese kleinen Schnörkel hier" – er zeigte mit dem Finger darauf – „die handeln alle von Höllenfeuer und Verdammnis."

„Höllenfeuer?", keuchten Eva und Donovan.

„Verdammnis?", fügte ich hinzu.

„Habt ihr mich gerufen?", sagte eine geschmeidige osteuropäische Stimme.

„Nicht jetzt, Malavic", schnauzte ich und würdigte den Vampir, der offensichtlich gekommen war, um zu gaffen, kaum eines Blickes.

„Drei Hexen, die von Höllenfeuer und Verdammnis schreien? Nicht meine Schuld, wenn ich dachte, ihr wolltet flirten. Nichts passt so gut zu meiner ewigen Verdammnis wie Höllenfeuer."

„Hast du so etwas schon mal gesehen?", fragte Ted und zeigte auf die Zeichen am Boden.

Als Malavics Blick darauf fiel, zerbrach seine gleichgültige Fassade und er zeigte echte Neugier. „Faszinierend! Ich habe schon Hexenfallen gesehen, sicher, aber keine, die so gut gemacht war. Wie hat jemand das geschafft, ohne gesehen zu werden?"

„Was meinen Sie?", fragte ich. „Sie könnte da gewesen sein, bevor sie geöffnet haben. Jemand ist einfach eingebrochen und –"

„Na, na, na", sagte er herablassend und wedelte mit einem Finger vor mir. „Ihr seid nicht die ersten Hexen, die heute in dieser Nische sitzen. Bevor ihr gekommen seid, habe ich Clarence Clearwater und Sophie Ariva genau da sitzen sehen. Und nicht nur konnten sie die Nische wieder verlassen und zusammen aus diesem stilvollen Etablissement stolpern, sehr zum Leidwesen von Sophies Mann, sollte er es herausfinden, sie haben auch nicht so stark geschwitzt." Sein Mundwinkel hob sich. „Ich nehme an, das ist eine Nebenwirkung der Falle und kein sexuell übertragbares Drüsenproblem."

Ich starrte ihn an, was nichts brachte. „Können Sie uns helfen, hier rauszukommen, oder nicht?"

Er seufzte. „Leider nicht. Ich bin sicher, der Trick ist ganz einfach, aber das ist nicht mein Fachbereich. In der langen Zeit, die ich lebe, hatte ich nie den Wunsch, das Buch ‚*Anfängerleitfaden zur Rettung unfallgefährdeter Hexen*‘ aufzuschlagen.“

Donovan sah aus, als würde er den Grafen erwürgen, wenn es die unsichtbare Wand zwischen ihnen nicht gäbe. „Also gut“, sagte er, „dann machen wir es einfach selbst.“ Er zog seinen Zauberstab heraus und murmelte einen Spruch.

Ich tastete vor mir, und die Wand war immer noch da.

Plötzlich stieg die Temperatur um gefühlte zwanzig Grad, und die Hitze zwang Donovan, sich am Tisch abzustützen.

„Sieht aus, als hättest du sie wütend gemacht“, sagte Malavic. „Vielleicht Zeit, die hiesigen Behör–“

Die Eingangstür flog auf, und Tanner stürzte herein. Seine Augen fanden uns sofort, und er stürmte herüber. „Was geht hier vor?“

Donovan und ich schrien: „Bleib stehen“, bevor auch er versehentlich die Linie überschritt, aber es war der ausgestreckte Arm des Grafen, der ihn aufhielt, damit sein Schwung ihn nicht in die Falle trug.

Tanner holte Luft, und seine Augen weiteten sich, als er unseren Zustand in der Nische sah. Ein Schweißtropfen, der meine Brust hinunterlief, fiel kaum auf, denn meine Haut war feuerrot. Meine Finger hatten das größte Problem, als hätte ich eine dünnwandige Teetasse hochgehoben, und die Hitze des kochenden Wassers begann gerade, durch die Porzellanbarriere zu dringen. Aber wenn die Hitze durchkam, kam sie schnell. „Hexen ... falle ...“, sagte Donovan und zeigte darauf.

Tanners Augen weiteten sich noch mehr, als er sie sah. „Wer hat das gemacht?“

Er sah sich im Pub um, als könnte der Schuldige einfach die Hand heben.

„Spielt das eine Rolle?", sagte ich, ohne ihn anschnauzen zu wollen, aber *gütiger Golem!*

„Hast du eine Ahnung, wie du uns hier rausholen kannst?", fragte Eva.

Tanners Anwesenheit hatte Aufmerksamkeit erregt, und eine kleine Menge begann sich hinter Ted und Malavic zu sammeln.

„Nein, aber ich weiß, wer es weiß." Er zog seinen Zauberstab und schickte einen roten Funken in die Luft. Er schoss direkt durch das Dach des Pubs, und einen Moment später kam Bloom durch die Eingangstür. Sie war noch nicht halb drinnen, als sie ausrief: „Gute Göttin!"

Niemand musste ihr sagen, was los war. Sie beugte sich sofort über die Falle, wedelte mit einer Hand über den Rand und löschte dabei einen kleinen Abschnitt des Kreises aus.

Sobald sie es tat, fühlte es sich an, als strömte arktische Luft über uns herein, und ich sprang aus der Nische, dehydriert und erschöpft. Tanner fing mich auf, als ich auf ihn zu stolperte.

Eva und Donovan stützten sich gegenseitig lange genug, um sich auf den klebrigen Boden zu setzen. Aber der Schmutz war das Letzte, woran wir dachten – nach den Eimern von Schweiß brauchten wir alle dringend eine magische Dusche.

„Culpepper", sagte Bloom. „Helfen Sie mir, den Rest des Ladens nach Weiteren zu durchsuchen. Und passen Sie auf, dass Sie nicht selbst in einer steckenbleiben. Nicht alle sind darauf ausgelegt, so langsam zu töten." Er setzte mich neben Eva ab und machte sich auf den Weg. Aber bevor er weit kam, fügte Bloom hinzu: „Passen Sie auch auf die Decke auf. Und die Wände. Sie könnten wirklich überall sein."

„Warum wusste ich nicht, dass es sowas gibt?", fragte ich Eva.

Sie zuckte mit den Schultern. „Keine Ahnung. Ich wusste es auch nicht."

„Ihr wusstet nicht, dass es sowas gibt", sagte Donovan, „weil heutzutage niemand mehr sowas abzieht. Die Gefängnisstrafe für das Errichten einer tödlichen Hexenfalle ist das Verbrechen nicht wert."

„Welche Strafe?"

„Lebenslänglich in Ironhelm."

„Das scheint ein bisschen hart", sagte ich. „Aber zumindest ist es nicht die Todesstrafe."

„Die ... was?", sagte er und runzelte die Stirn. „Warum sollten sie jemanden töten, nachdem sie ihn verurteilt haben?"

Eva und ich tauschten einen Blick. „Weil die Person bewiesen hat, dass man nicht riskieren kann, dass sie je wieder unter Leute kommt?", sagte ich.

„Weil die Leute keine Steuern zahlen wollen, um einen Mörder für immer zu ernähren und unterzubringen?", fügte Eva hinzu.

Donovan wirkte immer noch verwirrt. „Dann ... lassen sie den Geist des Gefangenen einfach frei, damit er die Leute heimsuchen kann? Klingt nach einer dummen Lösung. Nein, was sie in Eastwind mit Leuten machen, die tödliche Hexenfallen errichten, ist schlimmer als lebenslänglich im Gefängnis und definitiv schlimmer als der Tod im Gefängnis."

„Wie das? Ich dachte, du hast gesagt, sie wandern lebenslänglich nach Ironhelm", fragte ich ungläubig.

„Sie verurteilen den Täter zu lebenslänglich, dann belegen sie ihn mit einem Zauber, damit er nicht sterben kann."

Eva keuchte. „Oh, das ist schrecklich."

Ich nickte zustimmend.

Kurz nach Blooms Erscheinen war Fiona hinter der Theke hervorgekommen, um die Gäste aus dem Pub zu scheuchen und ihnen mitzuteilen, dass sie ihren Konsum für den Abend notiert hatte, also würden sie nicht ohne zu bezahlen davonkommen.

Nun stand die Koboldin an der Eingangstür und rieb sich die Oberarme, während sie mit uns Bloom und Tanner bei der Suche zusahen. Nur wir drei, Malavic und Ted durften bleiben.

„Alles klar", sagte Bloom schließlich, und nachdem Donovan, Eva und ich unsere Geschichte erzählt hatten, sagte sie: „Moment. Sie sagten, Jane war anfangs bei Ihnen, dann ist sie gegangen?"

„Ja", sagte ich. Dann, besorgt, dass Bloom sie als Verdächtige in Betracht ziehen könnte, fügte ich hinzu: „Aber nur, weil sie Ansel nachgelaufen ist –" Ich schluckte schwer, als es mir wieder einfiel. Ich konnte nicht sagen, ob Eva und Donovan es schon begriffen hatten. Falls ja, ließen ihre Mienen es nicht erkennen. „Sie und Ansel hatten sich wohl gestritten, denke ich, und er ist gegangen, also ist sie ihm gefolgt."

Als Sheriff Bloom ging, um mit Fiona zu sprechen, wandte ich mich Eva und Donovan zu und flüsterte: „Die Serviette. Die, die Ansel hat fallen lassen."

Eva verstand als Erste und schlug sich eine Hand vor den Mund. „Du denkst doch nicht, dass er ..."

„Du hast gesehen, was Bloom gemacht hat", sagte Donovan. „Sie musste nur einen kleinen Teil des Kreises auslöschen, um ihn zu brechen. Was, wenn er schon fast vollständig war, bis auf einen kleinen Teil?"

Wir sahen einander an. „Und als er sich gebückt hat, um die Serviette aufzuheben, hat er den letzten Strich gezogen, um ihn zu schließen."

Stille legte sich über uns. So seltsam Ansel sich heute verhalten hatte und so voreingenommen er in letzter Zeit auch gewesen war, glaube ich dennoch nicht, dass irgendjemand von uns wollte, dass er nach Ironhelm geschickt wurde.

Tanner kam zurück, nachdem er mit Malavic und Ted

gesprochen hatte. Er hielt die Griffe von drei Krügen mit Eiswasser, die Fiona auf seine Bitte hin gefüllt hatte, und reichte sie unserer kleinen Gruppe.

„Danke", sagte ich und setzte den Krug an, während er neben uns in die Hocke ging.

„Sowas habe ich noch nie gesehen", sagte er. „Bloom meinte, es war eine ziemlich ausgefeilte Falle. Ihr habt wirklich keine Ahnung, wie sie da hingekommen ist? Malavic sagte, er hat gesehen, dass vor euch schon andere Hexen da gesessen haben."

„Ich habe da eine Idee", sagte ich, „aber ich erzähle es dir später." Tanner würde nicht wollen, dass Ansel für immer hinter Gitter geschickt würde, aber wenn ich ihm jetzt von der Begegnung mit dem Werbären erzählte, bestand das Risiko, dass sein Schock ihn dazu bringen würde, dem Sheriff davon zu erzählen.

Und ich glaube, ein Teil von mir wollte nicht zugeben, dass der Ehemann meiner besten Freundin versucht hatte, mich zu töten.

Also sagte ich stattdessen: „Woher wusstest du, dass du hierherkommen kommen musstest? Hat jemand angerufen?"

Er schüttelte den Kopf und fuhr sich erschöpft mit der Hand über das Gesicht. „Nein. Ich ... na ja, ich weiß nicht, wie ich das erklären soll, ohne verrückt zu klingen."

„Versuch's einfach", sagte Donovan.

„Ich war wegen ihres unsinnigen Notrufs bei Olivia Bonedoggle, die behauptet, ihr Vertrauter sei heute Morgen verschwunden – sie lässt den Kater raus und er war schon früher tagelang weg und ist immer glücklich von seinem Abenteuer zurückgekommen –, als ich plötzlich dachte, ich hätte dich" – er nickte mir zu– „um Hilfe rufen gehört. Nein, nicht rufen. Ich ... hatte einfach das Gefühl, dass du in Schwierigkeiten bist?" Er wirkte selbst nicht sicher.

„Du hattest recht, Tanner", sagte Donovan, „das klingt verrückt. Wenn du bei ihr romantische Punkte sammeln willst, gibt es einfachere Wege. Die Messlatte liegt nicht gerade hoch."

Ich war immer noch zu erschöpft, um mehr zu tun, als ihm einen bösen Blick zuzuwerfen. Leider wusste Donovan alles darüber.

„Ich meine es ernst", sagte Tanner. „Ich konnte dich auch spüren – ein bisschen."

Donovan hob die Hände. „Ganz ruhig. Wir sind nur Freunde. Nicht mehr."

„Und Eva auch", sagte Tanner. „Ich konnte spüren, dass sie auch in Gefahr war."

Donovan sah aus, als wolle er aufstehen. „Hey, Moment mal."

Ein sanfter Schubs von Tanner reichte, um Donovan wieder auf seinen Allerwertesten zu setzen. „Entspann dich. So ist das nicht. Ich konnte spüren, dass ihr drei in Gefahr wart, aber Nora war am stärksten."

„Okay", sagte Eva, „das ist irgendwie romantisch."

„Aber warte", sagte ich. „Was du beschreibst, klingt ein bisschen nach außersinnlicher Wahrnehmung. Wie eine Art von Verbindung."

Tanner nickte. „Genau. So hat es sich angefühlt."

„Und du bist die Expertin dafür", sagte Donovan, „da du die einzige Hellseherin hier bist."

War das etwas, das ich konnte? Hatte ich irgendwelche telepathischen Fähigkeiten, die über meine Gespräche mit Grim hinausgingen?

Gute Göttin, ich hoffte nicht. Mit den Gedanken anderer Leute verbunden zu sein, klang nach einem Haufen Unannehmlichkeiten. Und da es meines Wissens das erste Mal war, dass so etwas passierte, hatte ich keine wirkliche Erklärung dafür.

Die hölzerne Briefklappe über der Eingangstür schwang auf, und eine große Horneule flog herein, ließ ein Stück Pergament vor Tanners Gesicht fallen, bevor sie wieder hinausschwirrte. Er fing es in der Luft auf. „Muss los." Er beugte sich vor, um einen Kuss von mir zu stehlen. „Ich melde mich morgen früh bei dir."

„Viel Glück", sagte ich.

Nach einem kurzen Gespräch mit Sheriff Bloom eilte Tanner zur Tür hinaus.

Als Bloom überzeugt war, dass sie in ihr Büro zurückkehren konnte, um weitere Berichte für den Rat zu schreiben, wollte ich nichts mehr, als nach Hause und in meinem Bett liegen, auf der Decke, ohne Kleidung, mit einem riesigen Glas Wasser, und das Ganze bei offenem Fenster, damit die kühle Oktoberluft hereinkam.

Ich spannte meinen Regenschirm auf, nachdem ich Sheriff Bloom versichert hatte, dass ich auf meinem Weg nach Hause durch die regnerische Dunkelheit vorsichtig sein würde, und machte mich auf den Weg zu Rubys Haus.

Unglücklicherweise sollte sich zeigen, dass meine seltsame Nacht noch nicht zu Ende war ...

Kapitel Neun

Die schweren Regentropfen prasselten wie kleine, hektische Trommelschläge auf meinen Regenschirm, während ich das Sheehan's hinter mir ließ.

Nach so vielen Tagen Regen waren die Ritzen zwischen den Pflastersteinen zu Tausenden von kleinen Bächen geworden, die zusammenflossen, sich trennten, gelegentlich von einem festsitzenden Kiesel unterbrochen wurden und überliefen. Ich hatte bis diese Woche nicht einmal daran gedacht, in Gummistiefel zu investieren. Vielleicht würde ich morgen welche kaufen, bevor ich zur Inspektion ins Medium Rare ging.

Licht aus einem der Häuser zu meiner Linken fiel mir ins Auge. Da es weder Vorhänge noch Jalousien gab, hatte ich freien Einblick in das Leben dessen, der dort wohnte. Oder zumindest so frei, wie der Regen es zuließ.

Ich ertappte mich beim Starren und schalt mich, damit aufzuhören. Nur weil jemand vergessen hatte, die Jalousien herunterzulassen, gab mir das nicht das Recht, zu spionieren. Aber bevor ich mich losreißen konnte, erschien eine Gestalt am Fenster, und ich hielt inne, um sie zu beobachten.

Oh, richtig. Hyacinth war nach Erin Park gezogen. Jemand hatte das neulich erwähnt, kurz vor Efarines unglücklichem Besuch im Diner.

Seltsamerweise schien Hyacinth zu tanzen.

Nichts, was ich über die spießige Elfe wusste, hätte mich glauben lassen, dass sie regelmäßig (oder jemals) allein in ihrem Wohnzimmer tanzte, die Arme in die Luft erhoben, die Hüften sinnlich wiegend.

Sinnlich? Ha! Nein. Hyacinth war nicht sinnlich. Vielleicht war sie betrunken. Aber sie schien auch nicht der Typ dafür zu sein.

Dann fiel mir auf, dass sie nicht allein war. Eine weitere Gestalt erschien neben ihr, und es war nicht ihr Mann James. Wer auch immer das war, hatte eine viel zu kräftige Statur, um James zu sein. Er streckte den Arm nach ihr aus, zog sie dicht an sich, legte den anderen Arm um ihre Taille, nahm ihre Hand in seine, und die beiden begannen, sich in einem langsamen Kreis zu drehen. Ich schlich näher heran.

Nicht, dass es mir Freude bereitet hätte, zu wissen, dass Hyacinth eine Affäre hatte, aber ...

Vielleicht ein kleines bisschen. Nicht, dass sie James verletzte, sondern dass eine der besten Klatschgeschichten der Stadt nun sie betraf.

Und so wird aus der Klatschtante selbst der Klatsch.

Mmm ... süßes, süßes Karma.

Aber sobald das Paar eine halbe Drehung vollendet hatte und ich ihren Tanzpartner erkannte, keuchte ich, meine Hand schoss an meinen Mund, der Regenschirm rutschte zur Seite, sodass ein kalter Schwall Wasser auf meinen Kopf klatschte und mich fast aufschreien ließ. Ich richtete meinen Griff wieder.

Apropos Karma, das war meins: Ich war näher geschlichen,

um den Klatsch über Hyacinth zu erfahren, und hatte am Ende mehr gesehen, als ich wollte.

Denn der Mann, mit dem sie so intim tanzte, war Ansel Fontaine.

Ich wich so schnell ich ohne Aufmerksamkeit auf mich zu ziehen konnte, vom Fenster zurück.

Vielleicht war es nicht so, wie es aussah. Jane könnte nebenan sein und James einen Drink mixen. Vielleicht konnte Jane sogar sehen, wie Ansel so mit Hyacinth tanzte, und es störte sie nicht. Jede Beziehung hat schließlich eigene Grenzen.

Das Lied musste zu Ende gegangen sein, denn die beiden verließen Hand in Hand den Raum, und ich erzählte mir eine harmlose Geschichte darüber, dass sie zu ihren jeweiligen Ehepartnern zurückkehrten, um einen ereignislosen Abend zu genießen.

Ich ignorierte die Tatsache, dass Jane nichts davon erwähnt hatte, dass sie später die Bouquets besuchen wollte. Aber warum sollte sie auch? Es war kein Geheimnis, dass sie aufgehört hatten, ins Medium Rare zu kommen, um gegen die Leitung durch eine Hexe zu protestieren. Soweit ich gehört hatte, prahlte Hyacinth bei jeder Gelegenheit mit ihrem persönlichen Boykott.

Das Blut, das in meinen Ohren pochte, übertönte die Regentropfen. Aber es reichte nicht, um das Geräusch von Schritten hinter mir auf den Steinen zu übertönen.

Ich drehte mich gerade noch rechtzeitig um, um eine vermummte Gestalt auf mich zukommen zu sehen, und ich schrie auf.

„Nora, ich bin's nur." Er zog seine Kapuze schnell zurück, und ich sah Landons rosiges Gesicht, das mich mit weit aufgerissenen Augen anstarrte.

Als ich zurück zum Fenster der Bouquets blickte, waren die Jalousien geschlossen.

„Was machst du hier?", fragte ich und wandte meine Aufmerksamkeit wieder Landon zu. „Jeder könnte dich sehen."

„Sie werden mich in dem Ding nicht erkennen", sagte er, während Wassertropfen von der Kante seiner dunklen Wollkapuze tropften. Er hatte recht. Immerhin hatte ich ihn nicht erkannt. „Geht's dir gut?"

„Was? Ja. Warum?"

Er sah sich auf der leeren Straße um, die Hände in die Taschen gesteckt, und nickte mir zu, ihm an den Straßenrand zu folgen, wo wir nicht mehr im Lichtkegel der Straßenlaterne waren.

„Das dürfte sich jetzt seltsam anhören", begann er, „aber ich hatte gerade das Gefühl, dass im Sheehan's was nicht stimmt."

„So seltsam ist das nicht." Dann erzählte ich ihm, was im Pub passiert war.

„Tanner hat es auch gespürt?", fragte er. „Also bin ich nicht verrückt?"

Ich dachte an die Tafel in seinem Büro in den Pergament-Katakomben, wo er sein Netz von Verschwörungen skizzierte. „Das habe ich nicht gesagt. Nur nicht in diesem Fall. Er sagte, er hatte das Gefühl, dass wir drei in Schwierigkeiten waren, und ist ins Sheehan's gekommen. Du bist übrigens viel zu spät dran, also, gut, dass wir deine Hilfe nicht wirklich gebraucht haben, um das zu überleben."

Er senkte den Kopf. „Ja, sorry. Ich war bei Grace, und ich wollte ihr nicht erklären müssen, warum ich mitten in der Nacht in den Regen hinausrenne. Also habe ich gewartet, bis sie eingeschlafen ist."

Ich betrachtete Landon als kleinen Bruder, und als solchem wollte ich ihm den weisen Rat geben, nicht hinauszuschleichen, sobald seine Partnerin eingeschlafen war.

Aber ich war wahrscheinlich nicht geeignet, ihm diesen

Beziehungsratschlag zu geben, angesichts meiner Vorgeschichte, also hielt ich mich zurück.

„Ich glaube, es ist der Zirkel", sagte ich.

„Wirklich?"

„Na, was soll es sonst sein?"

Wie bei Landon üblich hielt er inne, um es gründlich zu überdenken, und ich konnte fast die Räder in seinem Kopf rattern hören.

„Aber Grace hat nie erwähnt, dass so etwas mit ihr und ihrem Zirkel passiert ist."

Das war definitiv gut so, wenn man bedachte, dass Landon und ich Teil des Grundes waren, warum der Rest von Graces Zirkel in Ironhelm saß. Ich konnte mir nicht vorstellen, dass irgendeine außersinnliche Wahrnehmung, die sie mit drei eingesperrten Hexen haben könnte, besonders angenehm wäre.

„Vielleicht passiert es nur bei vollständigen Zirkeln", schlug ich vor.

Er zuckte mit den Schultern. „Durchaus möglich."

Ein angetrunkenes Koboldpaar kam auf der Straße auf uns zu, und erinnerte mich daran, dass dieses Gespräch absolut nicht stattfinden sollte. „Du solltest nach Hause gehen. Du weißt, was passiert, wenn die Leute uns im Regen zusammen stehen sehen. Ich glaube, wir schweben in größerer Gefahr, als wir ursprünglich dachten."

Er nickte und wandte sich zum Gehen, doch bevor er ging, griff ich nach dem durchnässten Ärmel seines Umhangs. Er warf mir einen Blick über die Schulter zu, und ich sagte: „Sag Grace einfach, wo du warst und warum. Egal, wovor du glaubst, sie beschützen zu müssen, oder welche peinliche Situation du zu vermeiden hoffst ... es ist es nicht wert."

Er sagte kein Wort, biss sich nur auf seiner Lippe, nickte dann und ging.

Kapitel Zehn

Da die Inspektion erst am frühen Nachmittag stattfinden
sollte, dachte ich, ich sollte meinen freien Vormittag genießen
und schleppte Tanner mit zum Brunch. Er war erschöpft von
seiner Nachtschicht und hatte noch nicht geschlafen, aber er
beschwerte sich nicht.

Grim kam auch mit, obwohl er keinen Hehl daraus machte,
dass er nicht wegen der Gesellschaft hier war. *„Das Hagseed
Café hat den besten Rinderhackbraten im ganzen Reich"*, hatte er
am Morgen gesagt, als ich meinen Mantel und Regenschirm
vom Ständer an der Haustür nahm.

Er würde seinen minimalen Einsatz während des Silber-
angriffs so weit wie möglich ausnutzen. Und ich hatte vor,
ihn gewähren zu lassen, solange es bedeutete, dass ich ihn
in meiner Nähe hatte. Ich würde es ihm nie eingestehen,
aber nach dem, was im Medium Rare und dann in Sheehan's passiert war, und nachdem ich von der Belohnung für
das Finden des Nordwinds unseres Zirkels erfahren hatte,
war ich nervös, und ein riesiger, mürrischer, ins Leben
zurückgekehrter Höllenhund an meiner Seite beruhigte

diese Nervosität ein bisschen. Grim würde es vehement abstreiten, aber wenn es hart auf hart kam, stand er immer hinter mir.

Ich vermutete, dass das mehr mit der Magie zu tun hatte, die eine Hexe an ihren Vertrauten band, als mit einer bewussten moralischen Entscheidung von Grim. Oder vielleicht lag es an seiner Natur als Hund, die ihn zur Loyalität verpflichtete. Wer wusste das schon, und wen kümmerte es, solange es meinen Allerwertesten retten könnte?

Der Regen hatte sich zu einem Nieseln abgeschwächt, und Tanner kannte einen praktischen Trockenzauber, den wir unter dem Vordach vor dem Café auf Grim anwenden konnten, damit unser Essen nicht vom Geruch des nassen Hundes unter dem Tisch verdorben wurde. Leider kannte Tanner keinen guten Zauber gegen Hundemundgeruch, aber das war ich zwischenzeitlich gewohnt und sagte Grim einfach, er solle den Mund halten, wenn es zu viel wurde.

Er gehorchte nie darauf.

An unserem Tisch am Fenster, während wir unsere Champagner und Citrus Blast schlürften und auf unser Essen warteten, runzelte Tanner die Stirn über die Zeitung in seinen Händen.

Er ignorierte mich und konzentrierte sich auf den Artikel, der von der Titelseite fortgesetzt wurde. Einen Moment später klappte er die Zeitung zu und faltete sie unordentlich zusammen.

„Die haben fast alle Fakten falsch widergegeben."

„Natürlich habe sie das", sagte ich. „Ich weiß nicht einmal, wie du die *Eastwind Watch* lesen kannst. Der Klatsch in Echo's Salon ist meistens viel wahrheitsgetreuer. Ich bin erst seit acht Monaten hier und weiß das schon."

„Man sollte meinen, sie würden es richtig wiedergeben. Warum habe ich überhaupt eine Stunde mit Flufferbum geredet, wenn er mich falsch zitiert und alle Fakten durcheinanderbringt?"

„Ich habe keine Ahnung, warum du dich überhaupt mit ihm unterhalten hast. Ich hätte es nicht getan."

Die Verärgerung über den Artikel ergab allein keinen Sinn; immerhin kannte Tanner die Wahrheit über die *Watch*. Jeder tat das. Mein Verdacht war, dass das abgedruckte Foto und die Schlagzeile seine Laune verdorben hatten. Ich war auch kein großer Fan davon. Auf der Titelseite der Zeitung war ein Bild von Ansel Fontaine und ein Wort: *Mordversuch*.

Es war seltsam, wegen seines Verhalten an jenem Abend auf Ansel wütend zu sein und sich gleichzeitig Sorgen um ihn zu machen. Laut Tanner hatte Bloom ihn gestern Nacht gesucht, ihn aber noch nicht gefunden. Und sobald sie ihn fand, würde er wegen der Verwendung einer Hexenfalle gegen drei seiner Freunde vor Gericht gestellt werden, und wenn er verurteilt würde, was ich für wahrscheinlich hielt, würde er bis in alle Ewigkeit im Gefängnis schmoren. Soweit ich es beurteilen konnte, gab es in Ironhelm keine Bewährung – ein Urteil war ein Urteil.

„Sucht Bloom ihn immer noch?", fragte ich.

Tanner wusste sofort, von wem ich sprach. Er gähnte und rieb sich den Nacken. „Ja, soweit ich weiß."

Versteckte sich Ansel im neuen Haus der Bouquets? Sollte ich Tanner erzählen, was ich gestern Nacht auf dem Nachhauseweg gesehen hatte? Es war so seltsam, dass ich fast glaubte, dass das Ganze ein Traum war. Hyacinth und James waren schon ein seltsames Paar, aber dass Ansel sich in sie verliebte?

„Diese Sicherer-Hafen-Sache ist absoluter Mist", sagte Tanner und klopfte mit den Knöcheln auf die Zeitung. „Glaubst du, sie kriegen es durch?"

Ich schlürfte meinen Drink und ließ meinen Blick über das regennasse Fenster schweifen. „Ich weiß es ehrlich gesagt nicht. Könnte sein. Ich habe das Gefühl, ich kann in letzter Zeit niemanden mehr einschätzen."

Er stöhnte. „Geht mir genauso. Man denkt, man kennt die Leute …"

In dem Moment ging jemand vorbei, den ich ziemlich gut zu kennen glaubte. Als Janes Blick auf mich fiel, blinzelte sie und eilte dann zur Eingangstür.

„Nora!", rief sie und stürmte herüber, und bevor ich sie überhaupt einladen konnte, sich zu setzen, hatte sie sich schon einen Stuhl vom Nachbartisch herangezogen und sich niedergelassen. „Es tut mir so leid."

Sie sah aus, als hätte sie überhaupt nicht geschlafen und vielleicht die Nacht durchgeweint. Dunkle Ringe unter ihren Augen trübten ihren gleichmäßigen Teint.

Ich wusste nicht genau, was ich sagen sollte. „Schon gut, Jane. Es ist nicht deine Schuld."

Ihr Kiefer spannte sich an, und sie kniff die Augen zusammen. „Ich schwöre, sobald ich seinen Bärenpelz aufspüren kann, wird er sich wünschen, er wäre nie geboren worden."

Ich griff nach ihren Armen, um die aufsteigende Wut hoffentlich zu bändigen. „Jane. Es ist okay. Wir sind alle wohlbehalten."

„Als ich hörte, was passiert war, und dann die Zeitung gelesen habe … ich kann es nicht glauben. Natürlich ist er nicht perfekt und hatte in letzter Zeit wirklich den Kopf im Allerwertesten, was Hexen angeht, aber drei Leute zu ermorden, mit denen er keinen echten Streit hat? Das ergibt keinen Sinn. Glaubst du, er könnte, na ja, besessen gewesen sein?"

Ich hatte das sicher in Betracht gezogen. Ich hatte auch kein Interesse daran zu glauben, dass Ansel derartigen Hass in sich trug. „Könnte sein. Ich habe gestern Nacht keine Anzeichen bemerkt, aber ich habe auch nicht danach gesucht. Also, vielleicht?" Das war alles, was ich ihr anbieten konnte, und sie schien es gern zu akzeptieren.

„Wir hatten einen riesigen Streit, nachdem wir das Sheehan's verlassen hatten. Die Dinge, die er gesagt hat, ergaben keinen Sinn. Dann ist er abgehauen, hat mich einfach im Regen stehen lassen. Also bin ich nach Hause gegangen. Ich dachte, er würde irgendwohin gehen, um sich zu verwandeln und Dampf abzulassen. Nur ist er nicht nach Hause gekommen. Er ist immer noch nicht da. Ich bin hierhergekommen, um nach ihm zu suchen, teils um ihn zur Rede zu stellen, aber auch … ihr wisst, was die Strafe für eine potenziell tödliche Hexenfalle ist, oder?"

Tanner und ich nickten.

„Der Idiot wird im Gefängnis landen. Da bin ich mir sicher. Aber ich verstehe immer noch nicht, warum." Sie schlug sich die Hände vors Gesicht, und ich warf Tanner einen besorgten Blick zu, bevor ich ihr den Rücken rieb.

Als der Kellner mit unserem Essen kam, hob Jane den Kopf und schien sich zu erinnern, wo sie war, und sagte: „Sorry. Ich sollte sowieso gehen." Dann eilte sie aus dem Café.

Mein Appetit war nach der Begegnung etwas gedämpft.

Janes Mann war verschwunden, und ich hatte Informationen, die direkt zu ihm führen könnten. „Ich muss dir was sagen", sagte ich zu Tanner. „Kann ich dir das als meinem Freund erzählen und nicht als Deputy?"

„Ich weiß nicht, ob das so funktioniert", sagte er, faltete seine Serviette auseinander und legte sie auf seine Oberschenkel. „Aber ich werde mein Bestes geben."

„Letzte Nacht –"

„Ich rieche Corned-Beef-Hack."

Ich nahm den Teller und stellte ihn für Grim auf den Boden, damit er den Mund hielt.

„Süßes Baby-Jackalope", murmelte er, bevor er sich darauf stürzte.

„Letzte Nacht", fuhr ich fort, „als ich vom Sheehan's nach Hause gegangen bin, bin ich am neuen Haus der Bouquets vorbeigekommen. Die Jalousien waren offen, und die Lichter waren an, und ich habe Hyacinth durchs Fenster gesehen."

„Du hattest recht", sagte Tanner. „Der Deputy in mir müsste dir raten, nicht in die Häuser anderer Leute auszuspionieren."

„Ich habe nicht spioniert", sagte ich. „Okay, ein bisschen. Aber wir reden von Hyacinth. Du weißt, dass sie dasselbe tun würde."

Ich interpretierte sein Schulterzucken als Bestätigung.

„Hyacinth war nicht allein. Jemand war bei ihr." Ich beugte mich vor, um zu flüstern: „Es war Ansel."

Er runzelte die Stirn. „Was? Ansel war bei den Bouquets?"

„Ja, und nicht nur das, er … hat mit Hyacinth getanzt."

„Was meinst du?"

„Ich meine, es waren nur die beiden, und sie haben eng getanzt. Es sah wirklich intim aus. Hätte ich Jane davon erzählen sollen?"

„Nein!", sagte er, dann beruhigte er sich. „Nein, nein. Vielleicht solltest du es Jane irgendwann erzählen, aber hast du gesehen, in welchem Zustand sie war? Sie wäre entweder zusammengebrochen oder hätte sich mitten in diesem Laden in eine Wölfin verwandelt, um ihn aufzuspüren und umzubringen."

Er hatte recht. „Du wirst es Bloom nicht erzählen, oder?"

Er verzog das Gesicht. „Ich glaube, das muss ich, Nora."

„Aber—"

„Es tut mir leid. Ich muss mich entweder für das Gesetz entscheiden oder für den Werbären, der versucht hat, die Frau, die ich liebe, zu töten. Das ist keine schwierige Entscheidung."

Ich stocherte mit meiner Gabel in meinem Rührei herum. *„Na, wenn du es so ausdrückst ...“*

„Ich sag dir was“, sagte er. „Ich lasse ein bisschen Zeit vergehen. Vielleicht stellt Ansel sich. Wenn ich heute Abend einen Moment Zeit habe und in Erin Park bin, schaue ich bei den Bouquets vorbei, um es selbst zu überprüfen.“

„Du wirst Bloom nichts davon erzählen?“

Er seufzte. „Noch nicht. Aber ich kann nicht garantieren, dass sie nicht merkt, dass ich ihr was verheimliche, und mich ausquetscht, und es ist nicht wert, meinen Job zu verlieren, um Ansel zu decken; ich werde Bloom alles erzählen, was ich weiß, wenn sie fragt.“

„Das ist fair.“

Aber ich hoffte, dass es nicht dazu kommen würde.

Kapitel Elf

Obwohl ich Tanner gesagt hatte, dass er nicht da sein müsse und schlafen gehen solle, bestand er darauf, bei der zweiten Inspektion dabei zu sein. Er war zwar immer noch Teilhaber des Medium Rare, auch wenn seine Rolle begrenzt war, also hatte er das Recht, da zu sein, wenn er wollte.

Grims Pfoten zuckten im Schlaf, während er auf der Seite unter der Theke lag und zweifellos von der Jagd auf irgendetwas Schreckliches in den Deadwoods träumte. In solchen Momenten störte es mich es am meisten, mein Handy nicht zur Hand zu haben: Wenn ich hätte aufnehmen können, wie seine Beine gerade herumzappelten, hätte ich für eine Weile Erpressungsmaterial gegen ihn gehabt. Wenn er sich weigerte, das zu tun, was ich wollte, könnte ich einfach drohen, es Monster zu zeigen, Tanners Vertrautem, und, wie ich stark vermutete, Grims heimlicher Flamme. Selbst wenn sie nicht sein heimlicher Schwarm gewesen wäre, hätte er nicht gewollt, dass sie irgendetwas zu sehen bekam, das ihn als etwas anderes erscheinen ließ als ein gigantisches Todesomen mit demonstrativ zur Schau getragener Gleichgültigkeit.

Aber leider hatte ich kein solches Aufnahmegerät zur Hand. Und offensichtlich gab es wichtigere Dinge zu erledigen.

Die Bürgermeisterin und Hohepriesterin machten sich nicht die Mühe, zu dieser Inspektion zu kommen, was wahrscheinlich bedeutete, dass sie glaubten, sie hätten mir ihre Botschaft klargemacht und keinen Zweifel daran hatten, dass ihr Mann auch ohne Aufsicht tun würde, was ihm aufgetragen worden war.

Alfred, derselbe Inspektor wie am Tag zuvor, überprüfte nicht nur den Bereich, der bei der ersten Inspektion durchgefallen war, sondern führte eine vollständige Durchsuchung des Diner durch, was viel länger dauerte, als meine Geduld reichte. „Können Sie nicht einfach unter dem Tisch nachsehen? Ich habe gestern Stunden damit verbracht, dort alles nochmal zu schrubben, also weiß ich, dass er in Ordnung ist."

Er war auf Händen und Knien unter der Ecknische, wo Ted normalerweise saß, und kroch langsam rückwärts heraus, um mich über die Schulter anzusehen. „Das ist im Protokoll nicht vorgesehen, tut mir leid. Mit Silberschmutz ist es immer knifflig. Was an einem Tag sauber war, kann wegen der Verbreitung von Rückständen am nächsten kontaminiert sein. Die Partikel könnten durch die Luft an einen anderen Ort gelangt sein. Darum muss ich alles kontrollieren."

Ich verdrehte die Augen und sah zu Tanner. Er blieb mäßig gut gelaunt, aber ich konnte sehen, dass er seine Entscheidung, herzukommen anstatt zu schlafen, zu bezweifeln begann. Seine haselnussbraunen Augen waren gerötet, und ein Lid hing tiefer als das andere.

„Du kannst gehen, Spinner", sagte ich und stupste ihn spielerisch an, wo wir auf Hockern an der Theke saßen. „Du musst nichts beweisen."

Er schüttelte den Kopf. „Nein, ich bleibe." Er beugte sich

näher und flüsterte: „Diese Erklärung stinkt nach Einhornäpfeln. Irgendwas stimmt nicht."

„Spricht da der Deputy?", flüsterte ich zurück.

Er nickte selbstbewusst. „Ich lerne langsam ein paar Dinge."

„Was das angeht, hat meine Einsicht mir so ziemlich dasselbe gesagt."

Als der Inspektor unter dem letzten Tisch hervorkroch, nachdem er bereits Decke, Wände, Theke, diverse Geräteoberflächen und Fenster überprüft hatte, klopfte er sich die Hosen ab, zog seine Handschuhe aus und stopfte sie in seine Hose.

Bevor er die Ergebnisse verkünden konnte, fragte Tanner: „Sind Sie ein Südwind?"

Der Inspektor schien angenehm überrascht, eine persönliche Frage gestellt zu bekommen. Er lächelte stolz. „Ostwind."

„Wie lange sind Sie schon im Zirkel?"

„Oh, lassen Sie mich überlegen ... fast fünfundzwanzig Jahre. Ich bin direkt nach meinem Uniabschluss beigetreten."

„Schön", sagte Tanner freundlich. „Und wer ist in Ihrem Zirkel?"

Plötzlich war die Freude von einem Hauch Misstrauen getrübt, und Tanner sagte schnell: „Ich glaube nur nicht, dass wir uns schon begegnet sind, aber ich kenne viele der Zirkelhexen, also dachte ich, vielleicht habe ich von Ihnen durch eine von ihnen gehört."

„Ah." Alfred entspannte sich wieder. „Pierce, Horus und Cordelia sind die anderen."

Tanner lächelte breit. „Ich habe Horus vor gar nicht allzu langer Zeit gesehen! Netter Kerl. Er hat mir eine Tasse Tee angeboten, nachdem ich ihm bei einem Nachbarsstreit geholfen habe." Er hielt inne, rümpfte die Nase und tippte sich mit einem Finger an die Lippen. „Warten Sie. Ja, er *hat* Sie erwähnt. Sagte, ihr zwei seid von klein auf Freunde."

„Genau! Wir sind zusammen in Copperstone Heights aufgewachsen. Nicht im schicken Teil, wissen Sie, sondern am Rand. Unsere Familien haben Häuser auf demselben Grundstück gemietet."

„Wunderbar", sagte Tanner und nickte. Sein Blick fiel auf die offene Aktentasche des Inspektors, die auf einem der Tische lag. „Wie haben wir abgeschnitten?"

Der Inspektor räusperte sich. „Ja, nun, das ist ... ähm. Ich fürchte, Sie sind wieder durchgefallen, Miss Ashcroft."

„Was?!", sagte ich und sprang vom Hocker. „Wo? Sagen Sie mir, wo Sie etwas gefunden haben?"

Er nickte vage in Richtung einer Gruppe von Tischen.

„Welcher?", sagte ich. „Zeigen Sie mir die genaue Stelle."

Er schluckte und trat näher, wieder vage gestikulierend.

Das roch nicht nur nach Einhornäpfeln, es sah auch so aus. Wahrscheinlich schmeckte es auch so, aber darüber wollte ich nicht zu sehr nachdenken.

„Dieser hier?", fragte ich und zeigte auf einen der drei möglichen.

„Ja, ich glaube, es war der."

Ich sah zu Tanner, der genauso skeptisch wirkte. Gut. Vielleicht würde er mich unterstützen.

„Nein", sagte ich. „Das kann nicht dieser Tisch sein. Denn das war der, der gestern durchgefallen ist, und ich habe jeden Zentimeter davon mindestens zweimal geschrubbt."

Er eilte zu seiner offenen Aktentasche, warf seine Werkzeuge hinein und schlug sie zu. „Ich weiß nicht, was ich Ihnen sagen soll. Meine Ergebnisse waren positiv, und was eine dritte Inspektion angeht, fürchte ich, dass der Hohe Rat es nicht gern sieht, wenn Unternehmen Steuergelder für unnötige Dienstleistungen verschwenden, und ich wurde gebeten, eine gründliche Inspektion von Sheehan's Pub durchzuführen, die mindestens zwei Tage dauern könnte. Also ... also, wenn Sie eine dritte Inspektion vereinbaren möchten, schlage ich vor, dass Sie sicherstellen, dass das Problem bis dahin behoben ist. Da Sie ein paar Tage Zeit haben, daran zu arbeiten, habe ich keinen Zweifel—" Er brach mitten im Satz ab, und seine Augen weiteten sich, als er einen Schritt zurückstolperte. Gleichzeitig hörte ich Grim näherkommen.

Der Höllenhund knurrte tief, während er von hinter der Theke heranschlich.

„R-r-rufen Sie ihn zurück!", stammelte Alfred.

Als ob Grim jemals auf mich hören würde.

„Grim, zurück."

„Dieser Misthaufen weiß nicht, mit wem er sich anlegt. Kein Medium Rare bedeutet keine Reste, und Reste sind das Einzige, was mein Leben lebenswert macht."

Ich beschloss, ihn nicht daran zu erinnern, dass keiner von uns sicher war, ob er sein Leben beenden könnte, wenn er es versuchte; immerhin war er einmal gestorben und einfach als Grim zurückgekommen.

„Er hört nicht!", rief der Inspektor.

„Wenn er so drauf ist", sagte ich, „gibt es kein Halten. Ich habe es gesehen. Es ist hässlich. Sie sollten besser verschwinden."

Der Inspektor schien mehr als froh, dem nachzukommen, hielt seinen Rücken an die Wand und die Vorderseite zu Grim gerichtet, während er seitwärts zur Tür krabbelte.

Grim bellte einmal, tief und tödlich, und die Hexe sprang auf, schrie und sprintete hinaus in den Regen.

Ich ging zu ihm hinüber. „Guter Junge." Dann wandte ich mich wieder Tanner zu. „Das war superfaul, oder? Sag mir, dass ich mit meinem Eindruck nicht allein bin?"

Tanner schüttelte langsam den Kopf. „Nein, bist du nicht."

„Es ist vollkommen unmöglich, dass unter dem Tisch auch nur ein Silberpartikel war."

„Ich glaube dir."

Ich setzte mich wieder auf den Hocker und stützte einen Ellbogen auf die Theke. „Ich habe eine Theorie, aber sie klingt ein bisschen paranoid."

„Die sind meistens die besten. Lass hören."

„Jemand zwingt ihn, uns durchfallen zu lassen."

Tanner unterdrückte ein Grinsen. „Ich glaube, du hast recht."

„Wirklich?"

„Ja", sagte er, und sein Lächeln brach durch. „Und ich bin fast sicher, dass ich weiß, wer es ist."

Kapitel Zwölf

„Wer?", fragte ich. „Wer, glaubst du, zwingt ihn, uns bei der Inspektion durchfallen zu lassen?"

Tanner stand auf, ging um die Theke herum und begann, eine Kanne Kaffee aufzusetzen, wobei er sich Zeit ließ, um zu antworten. „Hast du nicht gehört, wer in seinem Zirkel ist?"

„Ja, aber ich habe keinen der Namen erkannt. Wer sind sie?"

Er hob eine Augenbraue und warf mir einen Seitenblick zu. „Du hast *keinen* von ihnen erkannt?"

„Nein", sagte ich, ungeduldig werdend. „Hätte ich das sollen?"

„Ja. Weil eine davon die Bürgermeisterin ist."

„Was?!" Ich schlug auf die Theke. „Warte, wie war ihr Vorname nochmal?"

„Cordelia."

Ich lehnte meinen Kopf zurück. „Ohh … Das ergibt Sinn. Ich habe mich schon gewundert, warum du so freundlich mit ihm geplaudert hast." Ich schüttelte meinen Finger in Tanners Richtung. „Du bist raffiniert!"

Er zuckte mit den Schultern und schaltete die Kaffeemaschine ein. „Alles Teil des Jobs, Sweetheart."

„Und hast du eine Idee, *warum* sie dafür sorgen wollen, dass ich meine Türen nicht wieder öffnen kann?"

Er runzelte die Stirn, und ich konnte sehen, dass er ratlos war. Gut.

Denn ich wusste die Antwort.

„Die Sicherer-Hafen-Gesetze", sagte ich.

Tanner stöhnte und lehnte sich auf der anderen Seite an die Theke. Meine Augen klebten an seinen muskulösen Oberarmen, über denen sich der dünne Stoff seines grauen, langärmeligen Baumwollshirts spannte.

Konzentrier dich, Nora!

„Sie stimmen morgen darüber ab", sagte er.

„Als die Bürgermeisterin und Hohepriesterin bei der ersten Inspektion hier waren –"

Er starrte mich mit offenem Mund an. „Sie waren bei der ersten Inspektion hier?"

„Ja. Sorry. Das habe ich vielleicht vergessen zu erwähnen."

„Das hast du definitiv. Obwohl, es unterstützt die Theorie. Warum sie gerade das Medium Rare als Ziel ausgesucht haben, ist mir allerdings schleierhaft."

Ich wünschte, ich hätte eine magische Tafel wie die in Landons Büro. Sie wäre unglaublich nützlich gewesen für die Verschwörung, die wir beide zusammenstrickten. „Esperia mag das Medium Rare nicht, weil es dort verschiedene Arten miteinander verkehren. Dasselbe hat sie über das Sheehan's gesagt."

„Nun, nicht mehr", sagte er düster. Dann: „Warte."

Ich nickte. „Genau. Ich würde eine ordentliche Menge Goldmünzen wetten, dass das Sheehan's seine Inspektion heute auch nicht besteht."

„Sie versuchen, Läden wie unsere geschlossen zu halten, damit alle aufhören, mit Wesen anderer Arten zu verkehren. Und sie versuchen, die Kaufkraft zu den Etablissements zu lenken, die bestimmte Wesen nicht zulassen würden, wenn die Sicherer-Hafen-Gesetze durchgehen.“

„Nur wenn du mit ‚bestimmte Wesen‘ Werwesen jeglicher Art meinst“, sagte ich, „dann glaube ich, dass du auf dem richtigen Weg bist, Deputy.“

„Was ist der Sinn von alldem? Das Werwolf-Schutzgesetz und jetzt dieser Sicherer-Hafen-Mist? Beides wirkt wie Lösungen für Probleme, die gar nicht existieren. Ich verstehe es nicht.“

Ach, armer Tanner. Er denkt immer das Beste von den Leuten. Während er langsam zynischer wurde, was ich unglaublich sexy fand, war er in diesem Spiel, das Schlimmste in den Leuten zu sehen, noch neu. „Warum versucht jemand, die Segregation durchzusetzen? Je weniger Zeit du mit Leuten verbringst, die anders sind als du, desto weniger wahrscheinlich ist es, dass du erkennst, dass wir im Grunde alle gleich sind. Sobald die Leute das vergessen ... Hast du schon mal von ‚Spalte und Herrsche‘ gehört?“

Er runzelte die Stirn. „Nein, aber ich kann mir vorstellen, was es bedeutet.“

„Der Begriff wurde in meiner alten Welt immer wieder verwendet. Wenn du die Leute in kleinere Gruppen aufteilst, die nicht zusammenarbeiten wollen, ist es einfacher, die Kontrolle über die gesamte Bevölkerung zu gewinnen. Und was will Esperia mehr als alles andere?“

„Die volle Kontrolle über Eastwind von den Werwesen zurückerobern.“

„Genau. Was sie in gewisser Weise schon hat, denn sie ist schließlich *Bürgermeisterin*, und die Werwölfe haben nicht einmal eine Vertretung im Hohen Rat. Aber ich schätze, die Tatsache, dass Werwölfe nicht ganz unterworfen sind und ihr Leben immer noch genießen können, stört sie ganz schön." Nicht zum ersten Mal wünschte ich, ich wüsste mehr über ihren Hintergrund. Was konnte jemanden dazu bringen, eine ganze Spezies so zu verabscheuen? Was hatten sie ihr je angetan?

„Langsam", sagte Tanner, während er zwei Kaffee in To-Go-Becher goss. Er setzte Deckel darauf und stellte meinen vor mir auf die Theke. „Es scheint offensichtlich, dass die Bürgermeisterin hinter deinen gescheiterten Inspektionen stecken könnte, aber was musste passieren, dass es überhaupt einen Grund für die Inspektionen gegeben hat?"

„Ein Anschlag."

„Und dann gab es gerade einen bei Sheehan's, was die Tür für eine weitere manipulierte Inspektion öffnet."

„Und beide Läden haben eine extrem vielfältige Kundschaft. Ich bin ganz deiner Meinung, Tanner." Ich hielt inne. „Glaubst du, Efarine und Ansel könnten dazu gezwungen worden sein? Vielleicht wurden sie genauso unter Druck gesetzt wie der Inspektor?"

Er klopfte mit den Knöcheln auf die Theke, während sein Ausdruck angespannt wurde. „Vielleicht. Oder sie könnten irgendwie durch Magie kontrolliert worden sein." Er verzog das Gesicht. „Nein, ich weiß nicht. Das ist eine ernste Anschuldigung gegen jemanden. Und ich bin mir nicht mal sicher, ob Hexen jemanden so übernehmen können. Nicht ohne einen vollständigen Zirkel."

„Nicht einmal die Hohepriesterin?" Warum sonst sollte sie diesen Titel haben, wenn sie nicht ernsthaft ausgefallene Magie ausüben könnte?

Aber Tanner trank einen Schluck von seinem Kaffee und sagte: „Nein. Es gibt bestimmte Arten von Magie, und ich denke, das würde darunterfallen, die nicht unbedingt viel Kraft erfordern, aber trotzdem einen vollständigen Zirkel benötigen. Alles, was die Freiheit oder Sicherheit eines anderen Wesens ernsthaft beeinträchtigen könnte, erfordert das normalerweise. Es ist eine Art Sicherungsmechanismus, der verhindert, dass eine verärgerte Hexe andere angreift. Wenn aber fünf Hexen bereit sind, ihre Kräfte zu kombinieren, um das zu erreichen, ist es wahrscheinlicher, dass es gerechtfertigt ist."

„Wie eine Einweisung?", fragte ich, und natürlich hatte er keine Ahnung, wovon ich sprach, also erklärte ich es. „In meiner alten Welt hatten wir Einrichtungen für Menschen, die an einer psychischen Erkrankung litten, die sie dazu bringen könnte, sich selbst oder anderen zu schaden, oder für Menschen, die einfach einen mentalen Zusammenbruch hatten und Pflege brauchten, um wieder auf die Beine zu kommen."

„Wir haben sowas in Eastwind."

„Wirklich?"

„Ja. Veris Bluff liegt draußen am See. Nun, auf der anderen Seite des Sees. Sie haben es so weit wie möglich von der Stadt entfernt gebaut."

„Macht Sinn, schätze ich. Jedenfalls konnte ein Erwachsener manchmal durchdrehen, aber behaupten, er brauche keine Hilfe. Dafür hatten wir ein Gesetz, wo, wenn drei andere Erwachsene zustimmten, dass die Person Hilfe brauchte, sie gegen ihren Willen behandelt werden konnte. Die Idee war natürlich, dass eine Person es aus Böswilligkeit tun könnte, aber wenn drei der Meinung waren, war es weniger wahrscheinlich, dass es eine Art Racheakt oder so war. Du sagst, diese Art von Magie funktioniert genauso?"

„Wenn ich dich richtig verstehe, dann ja. Das ist zumindest die Begründung." Ich hörte neue Skepsis in seiner Stimme und wusste, woher sie kam.

Oftmals waren Gruppen böswilliger als Einzelpersonen. Ein fauler, aber charismatischer Apfel konnte wirklich die ganze Gruppe verderben. Und dann hatte man einfach mehr Leute, die eine ungerechtfertigte Maßnahme unterstützten.

Er füllte seinen Becher nach und ging dann zur Tür. Ich schnappte mir meinen Becher, und Grim und ich gingen mit ihm. Wir hielten unter dem Vordach an, und er legte einen Arm um meine Taille, zog mich dicht an sich und küsste mich. Die Wärme seines Körpers gegen den kalten Sprühnebel der aufspritzenden Regentropfen war wie der Himmel.

„Ich habe heute frei", murmelte ich, als der Kuss endete. „Vielleicht kannst du dich krankmelden, und wir können den ganzen Tag unter der Decke warm bleiben."

Fältchen bildeten sich an den äußeren Winkeln seiner süßen, haselnussbraunen Augen, als er auf mich herabblickte. „Glaub mir, wenn ich so freibekommen könnte, würde ich das Medium Rare selbst terrorisieren, nur um das möglich zu machen." Er ließ mich los. „Aber jetzt ist wirklich nicht der beste Zeitpunkt, um um einen freien Tag zu bitten."

Ich stöhnte. „Ich weiß, ich weiß. Ich werde einen anderen Weg finden müssen, mich zu beschäftigen."

Er griff nach seinem Regenschirm neben der Tür, und klemmte seinen Kaffee unter den Arm, um ihn aufzuspannen. „Ich habe volles Vertrauen, dass du was anderes finden kannst, um dich zu beschäftigen, Nora. Tu mir nur einen Gefallen: keine lebensbedrohlichen Beschäftigungen, okay?"

„Aber wenn ich mich in Gefahr begebe, sehe ich dich früher." Ich stahl ihm noch einen schnellen Kuss und gab ihm einen Klaps auf den Po, als er sich zum Gehen wandte.

„Ich glaube, ich werde in die Deadwoods spazieren und nie zurückkommen."

Grim hatte sich hingelegt, den Kopf auf den Pfoten, und starrte durch den Regen in Richtung Wald.

„*Wenn es keinen Speck gibt, keine Reste ... welchen Grund habe ich dann, zu leben?*"

„*Fänge und Klauen, Grim, wir können auf dem Heimweg beim Metzger vorbeigehen, und ich mache dir was bei Ruby.*"

Er spitzte die Ohren. „*Wirklich?*"

Da ich ihn in meiner Nähe haben wollte, sagte ich: „*Natürlich.*"

„*Keine Tricks?*"

„*Nein.*"

„*Was willst du von mir?*"

„*Nichts. Ich mag dich einfach.*"

Er hievte sich auf die Beine. „*Wir beide wissen, dass das ein stinkender Haufen Einhornäpfel ist, aber ich bin bereit, vorerst mitzuspielen. Oh! Glaubst du, wir könnten was von dem mesquitegeräucherten Speck besorgen, den der alte Crawford in seinem Laden hat?*"

Ich seufzte, schloss die Tür hinter mir ab und spannte meinen Regenschirm auf. „Klar, Grim. Wir besorgen dir den Speck, den du willst."

Ich hatte kaum einen Schritt gemacht, als eine leuchtende Gestalt vor mir auftauchte. Wenn ich es nicht besser gewusst hätte, hätte ich den allgegenwärtigen Winden der Veränderung die Schuld an dem Schauer gegeben, der mir über den Rücken lief. Aber ich wusste es besser.

„Eines verstehe ich nicht", sagte Perdita, während die Regentropfen durch ihre geisterhafte Gestalt fielen. „Ich bin eine Hexe, und er ist ein Werwolf, also, selbst wenn es nicht meine Schuld war, dass er mich ermordet hat, hätte ich es besser wissen müssen, als mit ihm zusammen zu sein, oder?"

Grim packte mein Hosenbein mit dem Maul und zog mich in Richtung Speck weiter.

„Nein", sagte ich und ging langsam los, während ich mit meiner Pro-bono-Klientin arbeitete. „Du bist nah dran, aber du liegst falsch. Es gab kein ‚besser wissen‘, weil es nichts zu wissen gab. Worum es dir geht, ist ein Vorurteil, und das ist nicht dasselbe wie Wissen. Es gibt jede Menge Werwölfe, die niemanden ermorden, und schon gar keine Hexen. Ich würde sogar sagen, das gilt für die überwältigende Mehrheit der Werwölfe.“

Sie tippte sich mit einem Finger an die Lippen und vergaß einen Moment lang, dass sie ein Geist war, sodass ihr Finger direkt durch sie hindurchging. „Du könntest recht haben. *Könntest*. Ich werde nochmal darüber nachdenken und mich dann wieder bei dir melden.“

„Großartig“, sagte ich, und sie verschwand.

Innerhalb weniger Minuten, nachdem wir das Medium Rare auf dem Weg in die Stadt verlassen hatten, hatte der Regen den Saum meiner Hose durchweicht und zupfte am unteren Rand meines Mantels. Der Himmel war rauchgrau, und es war schwer, etwas zu erkennen, das weiter als zehn Meter entfernt war. Glücklicherweise kannte ich das Herz von Eastwind mittlerweile ziemlich gut. Ich fand es erstaunlich, dass einfach überall hin zu laufen dazu führte. Ich hatte nie gewusst, was mir entging, als ich überallhin gefahren bin. Anfangs war die schiere Menge an Schritten, die ich jeden Tag zurücklegte, entmutigend, und meine Füße hatten immer wehgetan. Aber jetzt bemerkte ich es kaum noch. Und der Nachteil, dass es länger dauerte, von Ort zu Ort zu kommen, war überhaupt kein so großer Nachteil. Ich hatte gelernt, das einzuplanen, und es war ziemlich erschreckend, wie viel zusätzliche Zeit ich in meinem Tag fand, wenn das Internet nicht da war, um mich zu beschäftigen. Ich musste mich aktiv davon abhalten, daran zu denken, wie viel Spaß ich hätte haben können, wie viele Freunde ich in Texas hätte finden können, wenn ich nur etwas weniger Zeit mit dem Lesen von

Online-Nachrichtenartikeln, im Informations-Dschungel und auf Social Media verschwendet hätte.

Es hatte sowieso keinen Sinn, es zu bereuen. Wenn ich eine Menge guter Freunde gehabt hätte, würde ich sie jetzt vermissen. Aber so, wie es war, vermisste ich sehr wenig aus meinem alten Leben.

Der Metzgerladen lag in einer Seitenstraße ein paar Blocks vom Eastwind Emporium entfernt, dem Bauernmarkt, der normalerweise um diese Tageszeit geöffnet war, aber wegen des anhaltenden Regens seit fast einer Woche geschlossen hatte.

Ich hatte den Markt noch nicht ganz erreicht, als ich das schwere Klatschen von Stiefeln auf der Straße hinter mir hörte. Meine Sinne erwachten, einschließlich meiner Einsicht, die mir sagte, mich noch nicht umzudrehen.

War ich paranoid? Es war mitten am Nachmittag, und obwohl die Straßen von den Außenbezirken ins Zentrum der Stadt im Moment verlassen waren, gab es keinen Grund, warum jemand *nicht* aus ganz unschuldigen Gründen unterwegs sein sollte. Ich war es ja auch.

Ich hielt inne und hörte, wie die Schritte hinter mir ebenfalls innehielten. Ich ging weiter. Sie auch.

„Grim, kannst du riechen, wer das ist?"

Er schnüffelte in die Luft. *„Nichts. Dieser dumme Regen macht mich draußen so gut wie nasenblind. Ich kann alles Mögliche riechen, aber es vermischt sich, und ich kann nicht sagen, woher jeder Geruch kommt."*

Ich widerstand dem Drang, mich umzudrehen, als die Schritte näher zu kommen schienen. Ich war nur einen langen Block vom Emporium entfernt, wo die enge Straße sich öffnen und ich mich nicht so gefangen fühlen würde. Vielleicht könnte ich losrennen.

Nein, das war gedankenlos. Ich wusste nicht, wer oder was

hinter mir war, der Boden war glatt, und die Straße ging steil bergauf.

Bevor ich ihn aufhalten konnte, warf Grim einen Blick über die Schulter zurück. *„Hm."*

„Was?"

„Es ist James."

Kapitel Dreizehn

„James? Meinst du James Bouquet?" Ich drehte mich nun doch um, weil ich es selbst sehen musste. Warum sollte James Bouquet mir eine Seitenstraße hinauf folgen? Klar, er war ein Werwolf und seine Frau hatte ihn wahrscheinlich überzeugt, dass Hexen keine würdigen Wesen seien, aber das erklärte nicht, warum er mich quasi seit dem Medium Rare verfolgte.

Ich kniff die Augen zusammen und spähte durch den Regen auf die Gestalt, die stehen geblieben war. Er trug einen gelben Kapuzenregenmantel, und seine Hände waren in den Taschen vergraben. Wenn Grim nicht gesagt hätte, dass es James ist, hätte ich es bei dieser Entfernung und der eingeschränkten Sicht nicht erraten können, aber mit dem Hinweis konnte ich ihn erkennen, ja.

Aber ich verstand immer noch nicht, warum er mir folgte. Hatte es was mit Hyacinth und Ansel zu tun, die neulich Nacht getanzt hatten? Versuchte er, selbst Antworten zu finden? Ich ging den Hügel hinunter auf ihn zu. „James?"

Hatte er mich und Tanner im Medium Rare beobachtet? Ich musste es herausfinden.

Einen Moment lang fragte ich mich, ob er gefährlich sein könnte, dann erinnerte ich mich an all die Strickpullunder, die er trug, während er die Zeitung las, und an seinen Missmut angesichts Hyacinths unaufhörlichen Klatschens. Nein, James war ein netter Kerl. Ich musste keine Angst vor ihm haben. Sein Verhalten war seltsam, aber nicht unbedingt bedrohlich, jetzt, da ich wusste, wer es war.

„James? Stimmt was nicht?", fragte ich und näherte mich vorsichtig.

Er drehte sich um und begann, von mir wegzugehen, und es war so plötzlich und so merkwürdig, dass ich einen Moment lang wie angewurzelt stehen blieb und ihm nachblickte.

Dann wurde ich ein bisschen wütend. Für wen hielt er sich? Zu gut, um zum Frühstück ins Medium Rare zu kommen, und jetzt dachte er, er könnte mir einfach so folgen, ohne es mir zu erklären?

Also ging ich ihm nach.

Als er zurückblickte und mich sah, beschleunigte er. Ich auch.

„*Soll ich ihn schnappen?*", fragte Grim, der neben mir hertrottete.

Ich wusste, dass Grim es könnte. Er war schnell, wenn er wollte, wie, wenn er ein Eichhörnchen jagte (dem Himmel sei Dank, dass nur ich die Schimpftiraden hörte, die er auf diese kleinen Kreaturen losließ), oder wenn er zwei Straßen weiter den Duft von frisch gebratenem Fleisch witterte. Aber aus irgendeinem Grund dachte ich, dass es nicht die beste Idee wäre, einen Höllenhund auf James zu hetzen, um ein offenes und ehrliches Gespräch zu beginnen.

„*Noch nicht.*"

„*Oh, aber es könnte Spaß machen. Ich habe schon eine Weile keine Beute mehr gejagt.*"

„Nein! Bleib bei Fuß, Grim!"

Während ich abgelenkt war, hatte James angefangen zu joggen, und ich sah gerade noch rechtzeitig auf, als er um eine Ecke bog. Verflixt. Ich versuchte, aufzuholen, aber mein Regenschirm bremste mich wie ein Fallschirm. Ich musste schnell entscheiden und klappte ihn zu, damit er nicht wegwehte, und ließ ihn vor einem hohen Backsteinwohnhaus fallen.

Dann rannte ich ihm nach und achtete darauf, wohin ich meine Füße setzte, um nicht auf dem Pflaster auszurutschen und mir den Kopf aufzuschlagen.

Er hatte einen guten Vorsprung, aber ich machte mir keine Sorgen. Seinen gelben Regenmantel würde ich leicht erkennen. Ich bog gerade rechtzeitig um die Ecke, um zu sehen, wie er, zwei Blocks weiter, scharf nach rechts abbog und hinter einem Gebäude verschwand.

„Fänge und Klauen!" Ich war definitiv nicht fit genug für eine wilde Verfolgungsjagd, aber ich rannte weiter. Ich hatte den Tag frei, und was sollte ich sonst tun, als im Regen einem Werwolf durch eine Reihe von Seitenstraßen und Gassen zu folgen, in der Hoffnung, ihn zu stellen und Antworten zu verlangen?

Ich könnte wohl ein Buch am Kamin lesen oder so. Aber das war nicht wirklich mein Stil.

Als ich dort nach rechts abbog, wo er Sekunden zuvor gewesen war, hielt ich abrupt inne. Er war verschwunden. Er musste nochmal abgebogen sein, und ich hatte ihn verloren. Ich joggte weiter und überprüfte jede Querstraße nach einer Spur von Gelb, aber nach drei Blocks gewannen meine Lungen, und ich lehnte mich gegen die Fassade eines geschlossenen Blumengeschäfts, um zu Atem zu kommen.

„Du hättest mich auf ihn loslassen sollen", sagte Grim.

„Nein. Ich stehe zu meiner Entscheidung. Außerdem weiß ich,

wo er wohnt. Ich werde ihm sicher wieder begegnen, und wenn nicht, kann ich bei ihm vorbeischauen."

Ich ging den Weg zurück, hob meinen Regenschirm auf, machte mir aber nicht die Mühe, ihn aufzuspannen. Ich war sowieso schon durchweicht, und der Regen half, mich nach meinem spontanen Workout abzukühlen. Ruby würde nicht begeistert sein, wenn ich ihre Böden nasstropfte, wenn ich nach Hause kam, aber damit konnte ich mich befassen, wenn es soweit war.

Wir machten uns wieder auf den Weg zum Metzger, und kamen dort an, ohne James nochmal zu sehen. Crawford warf mir einen seltsamen Blick zu, als ich es Grim gleichtat und versuchte, mich vor der Tür des Metzgers trocken zu schütteln, bevor ich eintrat, aber ansonsten war der alte Bärenwandler gut gelaunt.

Ich mochte Crawford, und nicht nur, weil er dem Medium Rare großartige Großhandelspreise für Wurst, Speck, Rinderhack und Schinken gab. Er hatte etwas Großväterliches an sich und begrüßte mich immer mit einem Lächeln. Würde er ein „Keine Hexen"-Schild ins Fenster hängen, wenn die Sicherer-Hafen-Gesetze in Kraft traten? Tat er nur so, als wäre er aufgeschlossen, bis zu dem Moment, an dem er es nicht mehr sein musste?

Ich war einfach nur paranoid, aber in diesem Klima war das schwer zu vermeiden.

Ich bestellte anderthalb Pfund Speck und vier Würste für den nächsten Morgen. Ruby würde sich freuen, wenn ich mal koche, und es schadet nie, bei ihrem Vertrauten Clifford, einem Hund, der genauso groß war wie Grim, doch mit feuerrotem Fell, ein paar Pluspunkte zu sammeln.

Keine Sorge, Grim würde auch eine Wurst bekommen, sofern er nach einem Pfund Speck noch Platz hatte.

Was er natürlich hätte.

Ich winkte Crawford zum Abschied und ging zu Grim, der draußen geblieben war, teils aus Höflichkeit gegenüber dem Metzger, aber hauptsächlich, weil die Düfte drinnen so köstlich waren, dass sie für den Hund nichts weniger als eine Qual wären, wenn er nicht sofort alles hätte verschlingen können. Und ich traute ihm zu, es zu versuchen.

„Wie spät ist es?", fragte er.

Ich wusste nicht, warum es ihm wichtig war, aber da wir gerade durch das Emporium gingen, warf ich einen Blick auf den großen Uhrenturm. „14:48 Uhr."

„Falsch. Es ist fünf Minuten nach Speckzeit. Lass uns schneller gehen."

Er trabte los, und ich joggte, um aufzuholen. Ich hatte ihn gerade erreicht, als ich den gelben Regenmantel sah, der von einer Seitenstraße in den leeren Kreis des Emporiums einbog. Als ich mich beeilte, James einzuholen, verließ mich mein Glück endgültig, und ich rutschte auf den glatten Steinen aus.

Der Regenschirm wurde von einer Windböe erfasst und aus meiner Hand gerissen, und ich holte scharf Luft, als meine Hüfte zuerst auf den Boden aufschlug. Ich bemerkte nicht, dass ich die in Papier eingeschlagenen Päckchen aus der Metzgerei fallen gelassen hatte, bis Grim einen Klagelaut ausstieß.

Mein Blick schoss zu ihm, nur für einen Moment von dem gelben Fleck weg. Die Würste waren eingepackt geblieben, aber der Speck war aufgeplatzt, und Grim machte sich schon darüber her.

„Böser Hund! Nein!" Er hörte nicht, und ich musste entscheiden, ob ich den Speck retten oder verhindern sollte, dass James wieder entkam.

Da Grim mir wahrscheinlich die Hand am Handgelenk abgebissen hätte, wenn ich versucht hätte, ihm den Speck wegzunehmen, entschied ich mich. „Na gut! Aber wage es nicht, die Würste anzufassen", sagte ich, bevor ich mich aufrappelte und humpelnd über den Marktplatz lief. Der Schmerz in meiner Hüfte schoss bei jedem Schritt mein Bein hinunter, aber darum konnte ich mich später kümmern.

Diesmal rief ich nicht nach ihm. Er hatte mich vielleicht nicht gesehen, und ihn auf meine Anwesenheit aufmerksam zu machen, könnte zu einem weiteren Wettrennen führen, für das ich jetzt noch weniger in Form war.

Aber ich war nicht gerade unauffällig, und als ich nur noch ein paar Meter entfernt war, erregten meine lauten Schritte seine Aufmerksamkeit, und er drehte sich um.

Und als ich sein Gesicht sah, hielt ich abrupt inne.

Zum zweiten Mal in weniger als einer Minute glitten meine Stiefel unter mir weg, und mein Versuch, mich zu fangen, um ihn nicht an den Knien zu rammen und umzuwerfen, war zu viel des Guten, und ich stürzte mit dem Gesicht voran in ihn hinein.

Er fing mich auf und starrte mich verdutzt an.

Das war nicht James. Tatsächlich war er niemand, den ich je gesehen hatte. Der Mann war etwa in meinem Alter, mit blauen Augen, die durch das trübe Nachmittagslicht strahlten, und einer scharf geschnittenen Adlernase. Ein paar blonde Strähnen lugten unter der gelben Kapuze hervor, und als er sich vorbeugte, während er mich immer noch in seinen Armen hielt, fielen Regentropfen von der Kante seiner Kapuze und landeten in meinem Gesicht. „Sorry!", sagte ich und blinzelte das Wasser aus meinen Augen. „Ich dachte, Sie wären jemand anders."

Er lachte und half mir zurück auf die Beine. „Ich glaube, so fängt jede große Romanze an."

Ähm, gruselig, und nein danke.

Ich zwang ein Lächeln und ein einzelnes „Ha!" hervor.

„Schicksal bringt zwei Leute zusammen, und der Rest ist Geschichte", fuhr er fort, aber ich war aus so vielen Gründen nicht interessiert, dass es bis Weihnachten dauern würde, sie alle aufzuzählen.

„Sorry, ich lese kaum Liebesromane." Ich beugte mich vor, um meinen Mantel zu richten, nur um festzustellen, dass ein Knopf abgerissen war. „Fänge und Klauen!" Ich suchte nur einen Moment danach – das verflixte Ding war anthrazitgrau, und es war genauso wahrscheinlich, dass es schon in einem der kleinen Pflastersteinflüsse weggeschwemmt worden war, wie dass es völlig mit dem Stein und Schmutz verschmolz.

Ich wollte nicht zu lange bleiben. Der Mann würde wahrscheinlich denken, das sei eine Taktik, um ihm die Gelegenheit zu geben, mich zum Abendessen einzuladen.

Ich entschuldigte mich nochmal bei dem Fremden und eilte zurück zu Grim, der sich gerade am Wurstpaket zu schaffen machte. „Was habe ich dir gesagt? Lass es fallen. Pfui! Aus! Böser Hund!" Als ich nach seiner Schnauze schlug, sowohl genervt, dass er nie hörte, als auch gedemütigt, weil ich einem Fremden hinterhergerannt war, sprang er zurück, und sein Schwanz schoss zwischen seine Beine.

„Ich wollte es nur für dich aufheben! Damit wir es nach Hause bringen können!"

„Einhornäpfel!" Ich hob es vom Boden auf. Das Papier war vollkommen durchgeweicht. „Lass uns ins Trockene gehen."

„Was ist mit James passiert?"

„Das war er nicht."

„Willst du mir sagen, dass zwei Leute dumm genug waren, sich diesen bananengelben Alptraum von einem Regenmantel aufschwatzen zu lassen?"

„Sieht so aus."

Grim schüttelte seinen riesigen Kopf und spritzte mich mit Wassertropfen voll. Aber es war mir egal – ich war schon durchweicht und hatte mir nicht die Mühe gemacht, meinen Regenschirm nochmal aufzuspannen, nachdem ich ihn eingesammelt hatte.

„Weißt du", sagte er, *„es sind Modetrends wie dieser, die mich froh machen, dass ich nackt herumlaufen darf."*

Kapitel Vierzehn

Mein Astronomie-Lehrbuch lag offen auf dem Salontisch vor mir, aufgeschlagen auf einer Seite über Galaxienhaufen, aber ich konnte meine Augen nicht dazu bringen, darauf zu bleiben.

Ich hatte immer noch ein großes Handtuch um meinen Kopf gewickelt und fröstelte trotz der Wärme der orangefarbenen Flammen in Rubys Kamin. Grim durfte nur hereinkommen, weil ich für ihn plädiert hatte, dass er heute ein guter Junge gewesen war und mich beschützt hatte.

Ruby hatte ihn misstrauisch beäugt, und ich dachte, ich hörte sie drohen, ihn zu verfluchen, wenn er sich in ihrer Nähe trocken schüttelte.

Also, während meine Augen und Gedanken überall hinwanderten, nur nicht zu meiner zugeteilten Lektüre, döste Grim neben Clifford vor dem Kamin, trocknete sich mit der Wärme und war fast katatonisch nach den anderthalb Pfund rohen Specks, die er verschlungen hatte.

Ruby saß mir gegenüber und nähte geduldig einen neuen Knopf an meinen Mantel, aus dem sie fast vier Liter Wasser ausgewrungen hatte, als ich nach Hause gekommen war. Sie hatte dann einen Trockenzauber darauf angewendet, den sie, wie sie erklärte, nicht auf mich anwenden konnte, weil er meinem Körper alles Wasser entziehen und ich wie eine ausgetrocknete Rosine aussehen würde.

Und sehr tot.

Also begnügte ich mich mit einem trockenen Pyjama und einem Handtuch für mein Haar.

„Wie lief die Inspektion heute?", fragte sie, ohne von ihrer Arbeit aufzublicken.

„Schlecht. Wieder durchgefallen."

„Natürlich, Liebes. Sie war manipuliert."

„Was?" Ich richtete mich auf und starrte sie über den runden Holztisch hinweg an. „Woher weißt du das?"

„Ich nehme an, es war Alfred, der die Inspektion durchgeführt hat?"

„Ja."

Sie nickte. „Er ist seit geraumer Zeit Cordelias kleine Marionette. Dieser erbärmliche kleine Hexenwicht weiß, dass er Glück hatte, in einem Zirkel so einflussreicher Figuren in Eastwind zu geraten."

„Du meinst außer der Bürgermeisterin?"

Ruby nickte. „Pierce Linstrom ist der Geschäftsführer der Pergamentkatakomben, und Horace Frig ist der Anwalt des Zirkels."

„Oh, wow." Und Alfred war nur ein städtischer Sicherheitsinspektor. „Das ergibt dann wohl Sinn."

„Natürlich tut es das. Ich weiß zwar nicht, welches langfristige Spiel die Bürgermeisterin diesmal spielt, aber es überrascht mich nicht, dass sie das Medium Rare geschlossen halten will. Sie hat das Diner immer gehasst. Als Bruce und Jane damals den Antrag auf eine Geschäftsgenehmigung gestellt haben, hat sie alles in ihrer Macht Stehende getan, um es zu verhindern. Natürlich kenne ich nicht die ganze

Geschichte. Ich dachte einfach, sie wollte verhindern, dass ein paar Werwölfe aus den Outskirts ein wenig Erfolg im Leben haben. Das sieht ihr ähnlich."

So sehr ich Rubys Lästereien genoss, lag mir etwas anderes schwer auf dem Herzen: eine seltsame Reihe von Ungereimtheiten, die alle zu einer einzigen Quelle zurückzuführen schienen.

Ich erzählte Ruby von allem, was im Diner und im Sheehan's passiert war. Sie kannte die grobe Geschichte natürlich schon. Die ganze Stadt sprach darüber, und selbst sie konnte sich dem nicht entziehen. So sehr sie auch versuchte, nie das Haus zu verlassen, musste sie doch gelegentlich Tee in der Apotheke kaufen, die locker einen halben Kilometer von ihrem Haus entfernt war.

Dann erzählte ich ihr, was ich durch das Wohnzimmerfenster der Bouquets gesehen hatte.

Als ich fertig war, sagte sie: „Erstens, das ist erstklassige Detektivarbeit, Liebes, und ich bin ganz schön stolz auf dich. Früher war ich selbst eine ziemlich geschickte Schnüfflerin. Wenn ich nur heute noch so unbemerkt bleiben könnte." Sie seufzte. „Ich kann an der Art, wie du das erzählt hast, erkennen, dass du glaubst, sie hängen zusammen. Lass hören."

Ich zuckte mit den Schultern. Ich glaubte wirklich, dass sie zusammenhingen. Wie war jedoch die große Frage. „Mein erster Gedanke wäre Besessenheit, aber ich habe bei Efarine oder Ansel keine Anzeichen bemerkt. Allerdings habe ich auch nicht danach gesucht. Und Besessenheit erklärt nicht, warum Ansel im Haus der Bouquets war."

„Ein Geist ist nicht das Einzige, was vom Verstand eines Mannes Besitz ergreifen kann, weißt du?" Sie nickte auf ihren Schoß hinab.

Ich verzog das Gesicht. Das war das Letzte, was ich glauben wollte. Die Vorstellung, dass ein bösartiger Geist zufällige

Eastwinder in Besitz nahm und sie zu gewaltsamen Handlungen gegen andere zwang, war immer noch wünschenswerter als das Szenario, in dem der Ehemann meiner besten Freundin sie mit einer eingebildeten Elfe betrügt. „Natürlich weiß ich das. Glaubst du dann, es ist unabhängig davon? Dass er im Sheehan's besessen war, die Besessenheit endete, und dann ist er zu Hyacinth gerannt?"

Ruby zuckte mit den Schultern.

„Warte", sagte ich. „Jane hat erwähnt, dass sie nach dem Sheehan's einen Streit mit ihm hatte und er keinen Sinn ergab. Vielleicht war er immer noch besessen."

Ruby seufzte schwer. „Glaub, was du willst, Nora. Es scheint, als hättest du nicht genug Informationen, um eine fundierte Schlussfolgerung zu ziehen, also kannst du genauso gut das glauben, was dich glücklich macht."

Ich plante, genau das zu tun, bis ich mehr ausgraben konnte, aber ich hatte noch eine letzte Theorie, die ich mit ihr besprechen wollte. „Ist es möglich, dass eine Hexe Efarine und Ansel verzaubert hat?"

„Das ist immer möglich. Aber ich glaube, die Art von Magie, von der du sprichst, ist zu mächtig, als dass eine normale Hexe sie allein ausführen könnte. Ich würde sagen, Hexerei scheidet hier aus."

Das schloss Magie jedoch nicht ganz aus. Immerhin waren Hexen nicht einmal die mächtigsten Wesen in Eastwind. „Denkst du, es könnten Liberty oder Emagine sein?"

Sie zog den letzte Stich durch den Stoff, knüpfte einen Knoten und riss den Faden ab. „Niemand kennt die Grenzen der Macht eines Dschinns, aber ich würde schätzen, es ist nicht ausgeschlossen, dass sie in der Lage sind, jemanden so zu kontrollieren, dass es aussieht, als wäre er besessen. Aber dann stellt sich die Frage: Warum sollten sie das tun?"

„Keine Ahnung. Ich habe seit Tagen keinen von beiden

gesehen. Ich bin mir ziemlich sicher, dass sie sich einfach in ihrem Dschinn-Palast einschließen und, na ja, den ganzen Tag *Magie machen*."

Sie nickte. „Ich bin mir ziemlich sicher, dass du recht hast. Die Glücklichen!"

Die Erinnerung an Ruby, eng umschlungen mit Ezra Ares im Bett, schoss wie ein Kriegsflashback in meinen Kopf.

„Also wer steckt dann dahinter?"

Ruby kicherte. „Wenn ich eine vollkommen unvoreingenommene Beobachterin wäre und das alles mir zu lösen überlassen würde, wüsste ich, über wen ich mit Sheriff Bloom sprechen würde."

Ruby war so gut darin, es war einfach nicht fair. Ich erkannte, wie glücklich ich mich schätzen konnte, eine weitere Hexe des Fünften Windes zu haben, die mir ab und zu half. „Wer ist es?"

Sie steckte die Nadel in das Nadelkissen und hängte den Mantel über die Lehne des leeren Stuhls neben sich, bevor sie zu mir aufblickte und sagte: „Du."

„Ich?!" Ich wäre fast vom Stuhl gefallen. „Warum sollte ich es sein?"

„Zugegeben, das Motiv ist noch unklar, aber die Mittel und die Gelegenheit sind da. Ich sagte, keine normale Hexe könnte das tun, aber wie du jeden Tag mehr herausfindest, sind Hexen des Fünften Windes nicht normal. Keineswegs. Unsere Magie ist keine Erdmagie wie bei allen anderen. Es ist Geistermagie. Wir schöpfen aus einer anderen Quelle. Und wenn es um Besessenheit oder die Kontrolle über den Geist eines anderen geht, reden wir nicht von Erdmagie." Sie wischte alles mit einer schnellen Handbewegung weg. „Natürlich bin ich keine objektive Beobachterin, und ich kenne dich und wo du in der Entdeckung deiner Kräfte stehst, also glaube ich nicht, dass du das Wissen hast, um jemanden so zu kontrollieren."

„Bist du sicher?", fragte ich. Es wäre nicht das erste Mal, dass Ruby unterschätzt, wie tief ich in meine Magie eingetaucht bin.

„Keineswegs." Sie beugte sich vor und legte eine Hand auf meine. „Ich versuche, dich zu beruhigen, Liebes. Das willst du doch, oder? In Wirklichkeit denke ich, dass du zu den wahrscheinlichsten Verdächtigen gehörst, aber es liegt mir fern, einen feuchten Tarantelpups darauf zu geben, was du in deiner Freizeit machst."

Sie ließ meine Hand los und stemmte sich aus ihrem Stuhl hoch. „Tee?"

„Es wäre dir egal, wenn ich meine Freizeit damit verbringe, Terrorakte gegen Geschäfte in der Stadt zu verüben?"

„Solange du es nicht mit nach Hause bringst, nicht wirklich. Und nur so nebenbei: Nur weil ich denke, dass du eine wahrscheinliche Verdächtige bist, heißt das nicht, dass ich glaube, dass du es getan hast. Immerhin, warum solltest du Ansel befehlen, dich in eine Hexenfalle zu sperren? Du hättest sterben können!"

Das wäre passiert, wenn Tanner nicht rechtzeitig aufgetaucht wäre. Sein perfekt getimtes Erscheinen machte mich immer noch neugierig, aber ich entschied mich dagegen, es Ruby gegenüber zu erwähnen. Ein Teil von mir wollte heute Abend nichts über neue Kräfte wissen, die ich haben könnte.

Die Situation wurde immer seltsamer, denn als ich jetzt versuchte, die Punkte zu verbinden, erkannte ich, dass Ruby recht hatte. Im Zentrum all der widersprüchlichen Daten stand nur eine Person: ich.

Kapitel Fünfzehn

Da das Diner immer noch geschlossen war, hatte ich die erste Gelegenheit seit Monaten, richtig zu schlafen. Ich kroch kurz nach sieben mit einem Roman aus Rubys umfangreicher Sammlung ins Bett (er war gar nicht so schlecht) und schaffte es sogar, drei Seiten zu lesen, bevor ich auf meinem Kissen einschlief.

Und doch, als ich am nächsten Morgen um acht Uhr von Grim geweckt wurde, der mich anstupste, weil sein Tank voll war und er rausmusste, fühlte ich mich überhaupt nicht ausgeruht.

Hatte ich anstrengende Träume gehabt? Ich konnte mich an keine erinnern. Stress-Träume waren für mich nichts Neues – manchmal wachte ich mit pochendem Herzen auf, weil mein Unterbewusstsein mich daran erinnerte, dass ich vergessen hatte, eine der Kaffeekannen im Diner zu spülen, oder jemand freigenommen hatte und ich vergessen hatte, jemand anderen einzuplanen. Ich konnte mir vorstellen, dass das Fehlen der Arbeit, also die Unterbrechung meines regulären Tagesablaufs, meinen Geist in einen Angstzustand versetzen könnte, und doch …

Ich konnte mich an keine Träume erinnern.

Ach, vielleicht waren es nur die Hormone. Die kann man nie wirklich erklären.

Ich schlurfte steif die Treppe hinunter, um das Todesomen rauszulassen. Ich weiß, es klingt wie eine Übertreibung, ist aber keine.

Ruby saß schon in ihrem Sessel, ihr Tee auf dem Tisch neben ihr, ihre gehäkelte Decke auf ihrem Schoß, und ein Buch in ihrer Hand.

Ich lehnte mich an den Türrahmen und wartete auf Grim, der eine Minute später zurückkam und wie ein Storch durch das nasse Gras watete. Ich glaube nicht, dass er wusste, dass ich ihn beobachtete. Wenn seine alten Höllenhundefreunde wüssten, dass er es nicht mochte, seine Pfoten ins nasse Gras zu setzen. Er schüttelte den Nieselregen des Morgens auf der Veranda von seinem Fell, bevor er hereinkam, um mich daran zu erinnern, dass es Zeit für die Frühstückswurst war.

„Hör auf damit", knurrte Ruby ihn an, als er aufgeregt über sein Frühstück heulte. Dann hob sie ihre Tasse und fragte: „Kannst du noch einen Kessel aufwärmen?"

„Klar. Möchtest du eine Wurst?"

„Nein, schon gut. Ich habe schon meinen Speck gegessen."

Grim jaulte, weil er eine erstklassige Chance zu betteln verpasst hatte. „*Ach, komm schon. Du bekommst eine Wurst. Wie kannst du da wegen verpasstem Speck jammern?*"

„*Wie kannst du das nicht?*"

„*Hast du gestern nicht einen Monatsvorrat an Speck gegessen?*"

„*Ja, und das hat meinen Appetit nur gesteigert. Ich bin blutdürstig, weißt du.*"

„*Klar. Wie könnte ich das vergessen?*" Ich musste an ihn

denken, wie er hohe Schritte durch das nasse Gras machte. Sowas von blutdürstig.

Ruby kniff die Augen zusammen und sah mich an. „Du siehst aus, als hättest du kein Auge zugetan. Unser Gespräch hat dich mehr mitgenommen, als ich dachte. Nun, ich schätze, es ist nachvollziehbar. Eine Hexe des Fünften Windes zu sein bedeutet, dass du in ständiger Angst vor deinen eigenen Fähigkeiten lebst. Je früher du dich daran gewöhnst, desto besser." Sie wandte sich wieder ihrem Buch zu, und ich mich meinem Frühstück.

Während Grim eine ausführliche Erklärung abgab, warum er die gesamte Wurst bekommen sollte, die Ruby nicht wollte, klopfte es an der Tür.

Ich ging das Klopfen nochmal im Kopf durch, erinnerte mich, dass es vier Klopfer gewesen waren, und ging, um zu öffnen.

Tanner stand auf der Schwelle, immer noch in voller Uniform, und sah erschöpfter aus, als ich mich fühlte. Er musste gerade seine Schicht beendet haben.

„Hey, schöner Mann", sagte ich und stellte mich auf die Zehenspitzen, um ihm einen Kuss auf die Lippen zu drücken. Ich muss ihn überrascht haben, denn er zuckte zurück und erwiderte den Kuss nicht. Hm. „Komm rein." Als er an mir vorbeischlurfte, fügte ich hinzu: „Du hast Glück; wir haben eine extra Wurst übrig."

„Zwing mich nicht, den hübschen Jungen zu ermorden", sagte Grim.

Tanner sah auf meinen Vertrauten hinunter, als er den Salon betrat. *„Warum knurrt er?"*

„Weiß nicht", sagte ich. „Er hat gestern viel rohen Speck gegessen. Vielleicht halluziniert er."

Tanner hielt eine Ausgabe der Zeitung in der Hand und

warf sie mit einem Klatschen auf den Tisch. „Schlechte Neuigkeiten."

Ruby blickte von ihrem Buch auf. „Oh, toll, ich liebe es, meinen Tag so anzufangen."

„Was ist es?", fragte ich.

Er zog einen Stuhl vom Tisch und ließ sich hineinfallen. „Die Abstimmung hat stattgefunden."

„Abstimmung worüber?", fragte ich, immer noch schläfrig.

„Die Sicherer-Hafen-Gesetze."

Mein Magen sank. „Sie wurden verabschiedet?"

Er nickte.

„Fänge und Klauen", spie Ruby aus der Ecke. „Gerade wenn ich denke, der Hohe Rat kann seinen Kopf nicht weiter in seinen –"

„Wer hat dafür gestimmt?", fragte ich.

Tanner hob die Zeitung, las von der Titelseite ab und fügte seine eigenen Kommentare hinzu. „Bürgermeisterin Esperia – offensichtlich –, Siobhan Astrid – nicht wirklich schockierend –, Darius Pine – ziemlich enttäuschend – und seltsamerweise Quinn Shaw."

„Graf Malavic, Liberty Freeman und Octavia Pantagruel waren also dagegen?"

Er nickte.

Wow, ich hätte nicht gedacht, dass ich je so viel Zuneigung für Sebastian Malavic empfinden könnte. „Glaubst du, Ansels Verhalten hatte was mit Darius' Stimme zu tun?"

Tanner zuckte mit den Schultern. „Da weiß ich nicht mehr als du."

Tanner räusperte sich, und als er wieder sprach, war es in dem ruhigen, geübten Ton, den er für seinen Job oder für andere Männer reservierte, von denen er dachte, dass sie mir schöne Augen machen. „Hey, eine Frage. Erinnerst du dich, mich gestern Nacht gesehen zu haben?"

Ich lachte. „Was? Wann?"

Er beobachtete mich genau, als ob er eine Entscheidung treffen wollte. „Du erinnerst dich wirklich nicht daran?"

Eine beunruhigende Stimmung legte sich über den Salon. „Woran sollte ich mich erinnern, Tanner?" Sein Blick schoss kurz zu Ruby, als wäre er nicht sicher, ob er es in ihrer Anwesenheit sagen sollte.

„Oh, bitte", sagte sie. „Wenn ihr euch wegen irgendeinem nächtlichen Tête-à-Tête schämt, mir macht das nichts aus. Ich habe schon alles gehört – und getan." Sie vertiefte sich wieder in ihr Buch.

„Nein, das ist es nicht", sagte Tanner schnell. Seine selbstbewusste Ausstrahlung schwand, und er kaute auf seiner Unterlippe, während er mich anstarrte. „Ich war gestern Nacht bei den Bouquets, um nachzusehen, wie wir besprochen hatten."

„Oh. Gut. Und?"

Er öffnete und schloss den Mund ein paarmal, bevor er es endlich aussprach. „Und du warst da."

Ich schob die Würste mit der Gabel herum, während er sprach. „Was?!" Ich wirbelte herum, die Pfanne in der Hand, und die plötzliche Bewegung ließ heißes Fett auf den Boden und meine nackten Füße spritzen.

Ich warf die Pfanne hastig zurück aufs Feuer, während ich eine Reihe von Flüchen losließ, die ich aus meinem alten Leben mitgebracht hatte.

Während ich herumtanzte und versuchte, die heiße Flüssigkeit abzuschütteln, rannte Grim mit vorgestreckter Zunge auf mich zu.

„Nein, böser Hund!", schrie ich, als er über meine Zehen sabberte.

„Oh große Göttin! Das ist so heiß! Verbrennt die Zunge!"

„Dann hör auf, das Fett aufzulecken!", schrie ich und versuchte, meine Füße von seinem Sabber zu befreien.

„Kann ... nicht ... aufhören ... zu ... lecker ..."

Ich wollte ihn gerade am Nacken packen und zurückziehen, zu seinem eigenen Wohl, als ich mich erinnerte, was mich überhaupt dazu gebracht hatte, das heiße Fett über mich zu verschütten.

Ich trat aus der Küche, ließ Grim mehr Platz, um wie besessen denselben Quadratmeter des Bodens zu lecken, während er über seinen Kontrollverlust wimmerte, und ging auf Tanner zu, der die Szene beobachtete und sich scheinbar für alle Beteiligten schämte.

„Was meinst du damit, du hast mich bei den Bouquets gesehen?"

Er stieß einen langen Seufzer aus und richtete seinen Dienstgürtel an seiner Taille, eine Bewegung, die ich jeden Tag bei Stu Manchester sah, wenn er vor oder nach seiner Schicht ins Medium Rare kam. „Ich meine, ich habe angeklopft, und James hat aufgemacht. Ich sagte ihm, ich sei nur vorbeigekommen, um zu sehen, wie der Umzug lief, und bevor er antworten konnte, bist du hinter ihm aufgetaucht. Willst du mir sagen, dass du dich daran nicht erinnerst?"

Da war eine klare Note der Hoffnung in seiner Stimme.

„Ja, Tanner, ich erinnere mich nicht daran. Bist du sicher, dass ich es war?"

Er lachte. „Ja, Nora. Ich denke, ich weiß, wie du aussiehst. Obwohl, um fair zu sein, ich habe nicht nach diesem Muttermal auf der Innenseite deines Oberschenkels gefragt. Schien nicht der richtige Zeitpunkt zu sein."

Ruby blickte von ihrem Buch auf, und ich spürte, wie mein Gesicht feuerrot wurde. „Nein, das ... wäre definitiv nicht der richtige Zeitpunkt gewesen. Oder Ort." Ich zog einen Stuhl unter dem Tisch hervor, setzte mich und starrte auf meine gefalteten Hände in meinem Schoß. Konnte ich dort gewesen sein, ohne es zu wissen? Es klang ganz nach Besessenheit. Und wenn es passiert war, während ich zu schlafen glaubte, hätte ich nicht einmal bemerkt, dass mir Zeit fehlte.

Es könnte erklären, warum ich so müde war ...

„Was habe ich – oder wer auch immer – getan?"

Er seufzte, und seine Augen wanderten zu den Decken-Totems, während er sich erinnerte. „Du hast hallo gesagt, und als ich gefragt habe, was du da machst, hast du gesagt, dass du nur zu Besuch bist. Ich dachte, du wärst ungeduldig geworden, auf mich zu warten, und hättest die Sache selbst in die Hand genommen, also wollte ich nicht, ich weiß nicht, deine Tarnung auffliegen lassen."

„Hm ..." Ich runzelte die Stirn und kaute auf meiner Unterlippe herum. „Das klingt tatsächlich nach mir. Aber soweit ich weiß, war ich die ganze Nacht im Bett."

Tanner schien meine Gedanken zu lesen. „Glaubst du, du könntest besessen gewesen sein?"

„Ich schätze, es ist möglich."

„Nicht, wenn du deinen Staurolith getragen hast", schimpfte Ruby in einem Singsangton, ohne von der Seite aufzublicken.

Verdammt. „Richtig. Ich meine, es ist nicht möglich, weil ..."

„Lüg nicht, Liebes."

„Na gut. Ja, manchmal nehme ich ihn zum Schlafen ab. Er verheddert sich einfach, und es ist nicht wirklich bequem."

Jetzt blickte Ruby auf. „Weißt du, was auch nicht so bequem ist? Besessen zu sein. Das kann extrem unangenehm sein, und wenn du nicht aufpasst, endest du in einer Ermittlung wegen eines Mordes, den du begangen hast."

„Gütiger Golem", sagte ich. „Ich habe dich laut und deutlich gehört. Aber wir wissen nicht, ob ich besessen war. Und ich kann letzte Nacht niemanden ermordet haben, weil es letzte Nacht keinen Mord gab, richtig, Tanner?"

Er zuckte zusammen. „Tatsächlich hat es einen gegeben. Aber wir glauben ziemlich sicher zu wissen, wer es war." Er fügte hastig hinzu: „Nicht du."

„Oh, gut", seufzte ich. „Selbst wenn ich besessen war, was" – ich wandte mich für den nächsten Teil Ruby zu – „wir nicht bestätigen können," – sie verdrehte die Augen – „warum sollte ein Geist sich all die Mühe machen, nur um mich die Bouquets besuchen zu lassen?"

Tanner zuckte mit den Schultern. „Keine Ahnung. Und es waren nicht beide. Zumindest habe ich Hyacinth nicht gesehen. Es waren nur du und James."

„Nur ich und James allein?", fragte ich und begann zu fürchten, was ohne mein Wissen passiert sein könnte.

Tanner nickte.

„Nur falls du dich wunderst", versicherte ich ihm, „ich habe keinerlei Erinnerung an irgendetwas, und unter normalen Umständen würde ich niemals ... nicht mit James Bouquet, Fänge und Klauen! Er trägt Strickpullunder! Selbst im Sommer!"

„Ich weiß, ich weiß", sagte er. „Das ist eine schreckliche modische Wahl. Ich habe nicht angenommen, dass du es getan hast oder sagen würdest." Aber ich erinnerte mich an den distanzierten Blick in seinem Gesicht von vorhin, und es war klar, dass er sich nicht so sicher gewesen war. Er rieb sich mit der Hand über das Gesicht und streckte seine Füße aus. „Ich muss dir sagen, ich bin wirklich ratlos, Nora."

„Ich auch", sagte ich und kehrte zu den Würsten zurück, mit einem festen Schubs gegen Grims Seite, um ihn aus dem fettigen Bann zu reißen, unter den er gefallen war. „Ich habe dir noch nicht einmal die neueste Entwicklung erzählt." Dann erzählte ich ihm, was gestern im Regen mit James passiert war.

„Warte, er ist dir gefolgt? Und dann, als du dich ihm genähert hast, ist er einfach abgehauen?"

Ich richtete die Würste an, stellte sowohl Grims als auch Cliffords auf den Tisch, bis sie etwas abgekühlt waren. „Ja. Was denkst du?"

„Zwanzig Zinken", sagte er, und wiederholte eine Redewendung, die der Werelch-Deputy immer benutzte. „Ich denke, ich bin jetzt noch ratloser als zuvor. Glaubst du, er hat versucht, dich zu verzaubern, damit du später bei ihm vorbeischaust?"

„Igitt, auf die Idee bin ich noch gar nicht gekommen. Aber nein, denn James ist nur ein Werwolf, und die können solche Magie nicht."

Tanner schnitt seine Wurst in mundgerechte Stücke, um sie abkühlen zu lassen, wurde dann aber fast so ungeduldig wie Grim und schob sich das erste Stück in den Mund. Er sog schnell Luft ein und aus, bevor er sagen konnte: „Dann weiß ich auch nicht weiter."

Ich auch nicht, und als wir vier unser Frühstück beendet hatten (eigentlich Tanners Abendessen), war er eindeutig kurz davor, auf seinem Stuhl einzuschlafen.

Während ich ihm mein Bett anbot, sagte er, er würde lieber nach Hause gehen, sich frischmachen und Monster ein bisschen Aufmerksamkeit schenken, bevor sie sich für die Vernachlässigung rächte und wieder einmal seine Vorhänge zerstörte.

Ich begleitete ihn auf die Veranda. Der Regen hatte wieder zugenommen und verdunkelte den frühen Morgenhimmel. Ich war es nicht gewohnt, dass trübes Wetter sich so lange hielt, und für mich verwischte es den Lauf der Zeit, da es den ganzen Tag wie Dämmerung aussah.

Tanner zog mich dicht an sich, seine Augenlider auf Halbmast, und ich versuchte, nicht an den Schmutz seiner langen Schicht zu denken. Ich vergrub mein Gesicht in seiner Halsbeuge, und er roch immer noch nach Tanner, nach Rosmarin und Salbei. Nur der Duft von Kirschkuchen fehlte jetzt auffällig. „Tu mir einen Gefallen", sagte er, sein warmer Atem in meinem Haar.

„Mm-hm?"

Er lehnte sich zurück, um mir in die Augen zu sehen. „Geh nicht zu den Bouquets, während ich schlafe. Irgendwas Seltsames geht dort drüben vor, und wenn letzte Nacht ein Hinweis war, bist du genauso anfällig dafür wie jeder andere. Und du hast viele Kräfte, die Leute für ihre eigenen Zwecke nutzen könnten. Vielleicht findet Ärger dich, aber lauf zumindest nicht direkt rein, okay?"

Er kannte mich zu gut. „Na gut."

„Nur für ein paar Stunden", flehte er. „Ich fühle mich wie ein wandelnder Toter, und der einzige Weg, wie ich auch nur ein Auge zubekommen kann, ist, wenn ich weiß, dass du sicher bist."

Ich seufzte. „Okay. Aber wenn du wirklich ein wandelnder Toter wärst ... könnten wir wahrscheinlich mehr Zeit miteinander verbringen. Du müsstest nicht arbeiten, weil du keine Miete zahlen oder essen müsstest."

Er stöhnte. „Klingt überraschend verlockend. Natürlich, wenn ich tot wäre, könnten wir uns nicht mehr halten."

Na ja ...

Aber das wusste er nicht. Er hatte keine Ahnung, dass ich einen Weg gefunden hatte, den guten alten Roland O'Neill in seinen Körper zurückzubringen.

Zugegeben, ich hatte immer noch keine Ahnung, wie das wirklich funktionierte.

Jetzt war nicht der Zeitpunkt, das zu erklären, also sagte ich einfach: „Ja, dann vergiss es lieber."

Er lachte. „Sonst wäre es ein großartiger Plan. Keine anderen Fehler", sagte er sarkastisch.

Ich drückte ihm einen Kuss auf die Lippen, aber er ließ mich nicht so leicht davonkommen. Er zog mich dicht an sich, seine starken Arme drückten meine an meine Seiten, während er mich küsste, als hätten wir uns seit Jahren nicht gesehen.

Fast jeder Kuss mit ihm war so, und ich beschwerte mich nicht.

„Versprich es mir", sagte er und zeigte mit einem scharfen Finger auf mich, während er seinen Regenschirm nahm, der am hölzernen Geländer der Veranda lehnte.

„Ich verspreche es."

Er spannte den Schirm auf und verschwand im Regen.

Mann, es würde sich ziemlich mies anfühlen, dieses Versprechen zu brechen. Ich hoffte, es würde nicht dazu kommen.

Kapitel Sechzehn

Jane schniefte in ihren Eistee. „Er ist immer noch nicht nach Hause gekommen. Ich bin einfach ... ich mache mir nur Sorgen, dass ihm was zugestoßen ist."

Während wir an einem Tisch in der Nähe der Bar in Franco's Pizza saßen, Janes altem Arbeitsplatz, bevor sie ins Medium Rare zurückgekehrt war, nagten Schuldgefühle an mir. Ich hatte ihr immer noch nicht erzählt, was ich durch das Wohnzimmerfenster der Bouquets gesehen hatte.

Ich redete mir immer wieder ein, dass es nicht relevant war. Soweit ich wusste, hatte es nichts damit zu tun, warum Ansel immer noch verschwunden war. Das lag wahrscheinlich daran, dass er im Sheehan's drei Hexen angegriffen hatte und von der Polizei gesucht wurde.

Aber ich wollte einfach nicht, dass sie noch mehr am Boden zerstört war, und der Hinweis, dass er vielleicht eine Affäre mit Hyacinth hatte, würde im Moment nichts weiter bewirken, außer, dass Jane Hyacinth vielleicht das Fell über die Ohren zieht.

Außerdem hatte ich es so lange verschwiegen. Wenn sie

wütend würde, was unvermeidlich schien, und Ansel nicht da war, könnte ich ihren Zorn auch abbekommen.

„Ansel ist ein erwachsener Mann. Ich bin sicher, er kann auf sich aufpassen. Vielleicht braucht er einfach noch ein bisschen Zeit. Wer weiß, vielleicht hat er sich, du weißt schon, von den Anti-Hexen-Stimmungen mitreißen lassen und ist zu weit gegangen und rennt jetzt als Bär durch die Deadwoods, um seinen Kopf wieder klarzubekommen ..." Ich verzog das Gesicht, weil ich wusste, dass es weit hergeholt war, aber es war die einzige Geschichte, die ihn in einem halbwegs positiven Licht darstellte, also legte ich noch einen drauf. „Jeder kann mal auf hasserfüllte Rhetorik hereinfallen. Das macht ihn nicht zu einem schlechten Mann, wenn er sich hat mitreißen lassen. Niemand wurde getötet. Also, solange er zur Besinnung kommt, ist doch alles gut, oder?"

Ihre verweinten Augen hellten sich auf, und ihre traurige Stimme wurde scharf. „Machst du Witze, Nora? Dieses ganze Restaurant riecht, als hätte eine Rinderlasagne mit einem Hähnchen Alfredo Liebe gemacht, und ich kann immer noch die Einhornäpfel riechen, die du mir auftischst."

Na, zumindest war sie wieder ihr normales, nüchternes Selbst, auch wenn es nur vorübergehend war.

„Sie macht keine Witze über den ersten Teil. Es ist wie eine Pastaflitterwochensuite hier drin. Wenn sie nicht bald die Fleischbällchen bringen, kann mich niemand für das verantwortlich machen, was ich vielleicht tun werde."

Ich stieß Grim hart mit meinem Stiefel unter dem Tisch an. *„Still. Siehst du nicht, dass wir hier oben einen emotionalen Moment haben? Beherrsch dich zur Abwechslung mal."*

„Wenn das nicht der Esel ist, der den Grim Langohr nennt! Plötzlich bist du die Königin der Selbstbeherrschung? Sag mir, hast du diesen Titel verdient, bevor oder nachdem du mit Mr. Gequälte Seele in die Deadwoods abgehauen bist? Oder war es näher an der

Zeit, als Roland McFrauenschwarm jede Nacht in deinem Schlaf-
zimmer verbracht hat?"

Er würde mir das nie verzeihen, oder?

„Sorry", sagte Jane, die mein lautloses Gespräch mit Grim missverstanden hatte. Sie schien zu glauben, mich beleidigt zu haben. „Ich sollte dich nicht anblaffen."

„Mach dir keine Sorgen", sagte ich. „Du stehst unter großem Stress. Ich nehme es nicht persönlich."

Trinity flatterte mit ihren Feenflügeln herüber, um unser Essen zu bringen, und ich warf einen Blick darauf (und bekam eine Nase voll) und wusste, dass es – und die aktuellen Ereignisse – mit einem Glas Wein viel verdaulicher wäre.

Nur eins. Während Jane versuchte, es zu verbergen, wusste ich, dass sie nur zwei Drinks von einem völligen emotionalen Zusammenbruch entfernt war. Ein Drink könnte jedoch helfen.

„Bin gleich wieder da", sagte ich und stand auf. Aber bevor ich zur Bar ging, fügte ich hinzu: „Lass Grim nicht näher als einen Meter an meinen Teller kommen."

Jane nickte, und Grim brummte unter dem Tisch, als ob die paar Minuten Warten, bis seine Fleischbällchen abgekühlt waren, tatsächlich das Ende des Todesomens sein könnten.

Hinter der Bar machte Donovan sauber und bereitete sich auf die Abendgäste vor, die in ein paar Stunden kommen würden.

„Wie geht's ihr?", sagte er, bevor ich ein Hallo heraus- bringen konnte.

Ich seufzte und ließ mich auf einen der Barhocker fallen. Um ihn herum bewegte sich eine Reihe von Gläsern durch die Luft, während er sie mit kleinen, mühelosen Schwenks seines Zauberstabs schrubbte, spülte und trocknete. „Nicht gut, und ich kann es ihr nicht verdenken. Ansel ist sowas von geliefert."

Donovan blickte über meine Schulter zu seiner ehemaligen Chefin. „Armes Ding." Dann richtete er seine Aufmerksamkeit

auf mich. „Den falschen Partner zu wählen kann jedem passieren. Du kannst ein Lied davon singen

Ich verdrehte die Augen. „Hast du heute die Zeitung
gelesen?"

„Fragst du, ob ich weiß, dass die Sicherer-Hafen-Gesetze
verabschiedet wurden? Glaub mir, ich weiß es."

„Glaubst du, dass sich wirklich was ändern wird?"

„Ja", sagte er. „Ich fürchte schon."

„Aber es wird nur anders, wenn Geschäfte anfangen, Leute
basierend auf ihrer Art auszuschließen. Vielleicht tun das ja
keine Geschäfte. Ich meine, ich weiß, dass das Medium Rare es
nicht tun wird, wenn es jemals wieder öffnen darf, und das
Sheehan's würde es auch nicht tun, vorausgesetzt, es hat
gestern seine Inspektion bestanden. Und Franco's Pizza hat es
auch nicht gemacht."

„Mmm." Donovan verzog unbehaglich das Gesicht und
schüttelte langsam den Kopf. „Da bin ich mir nicht so sicher."

„Was meinst du?"

Er griff unter die Theke und zog ein Blatt Papier hervor, das
er mir entgegenschob, damit ich es lesen konnte.

Zutritt für Werwesen verboten
EINE ENTSCHEIDUNG AUF GRUNDLAGE DER SICHERER-HAFEN-GESETZE.

„Was zum Höllenhund?", keuchte ich. Ich starrte ihn mit weit aufgerissenen Augen an, als er das Papier wieder zu sich zog und unter der Theke verschwinden ließ. „Ich arbeite heute eine Doppelschicht. Habe es an der Eingangstür gesehen, als ich heute Morgen als Erster reingekommen bin."

Ich konnte es nicht glauben. „Hat Donny es da aufgehängt?" Donny Franco gehörte der Laden, obwohl er kaum vorbeikam. Anscheinend war das Grund jedoch genug, sich die Mühe zu machen.

Es war erst ein Tag seit der Verabschiedung des Gesetzes vergangen. Es war, als hätten die Leute nur auf die Möglichkeit gewartet, bestimmte Wesen auszuschließen. Offensichtlich hatten sie das.

Donovan zuckte mit den Schultern. „Weiß nicht. Ich nehme es an. Sieht ihm nicht ähnlich, aber ich kenne ihn ehrlich gesagt nicht so gut, auch wenn ich seit Jahren für ihn arbeite."

„Aber er ist ein Faun! Er *ist* praktisch ein Werwesen."

Donovans Augenbrauen schossen hoch. „Lass das keinen

Faun hören. Echo Chambers mag der stolzeste von allen sein – zu stolz, um sich selbst als Faun zu bezeichnen. Er nennt sich Satyr –, aber sie stellen sich gern vor, dass sie besser sind als Werwesen. Zum einen kommen sie aus ganz anderen Reichen. Werwölfe und ein paar andere Werwesen sind in Eastwind heimisch, Faune nicht. Ich meine, das spielt jetzt offensichtlich keine Rolle mehr. Außerdem werde ich diese dummen Schilder einfach immer wieder abnehmen, bis wer auch immer sie aufhängt, aufgibt. Wenn niemand das Verbot durchsetzt, wofür ich sorgen werde, ist es, als würde es nicht existieren."

„Aber Jane hat früher hier gearbeitet", zischte ich und beugte mich vor, um nicht belauscht zu werden. „Wie kann jemand, der sie kennt und mit ihr gearbeitet hat, sagen, dass ihresgleichen nicht mehr hier reinkommen darf?"

„Du fragst den Falschen, Nora. Ich bin derjenige, der das Schild runtergenommen hat, nicht der, der es aufgehängt hat."

Ich richtete mich auf. „Sorry, sorry. Ich bin froh, dass du es getan hast. Ich war diejenige, die vorgeschlagen hat, hierherzukommen, als sie zum Mittagessen ausgehen wollte. Ich kann mir nicht vorstellen, wenn sie es gesehen hätte ..."

„Was esst ihr zwei?", fragte er.

Ich erzählte es ihm, und er goss Jane einen Sauvignon Blanc und mir einen Zinfandel ein. „Das geht aufs Haus", sagte er und nickte zu den Getränken.

Manchmal war Donovan gar nicht so übel. „Danke", sagte ich und lächelte dankbar.

„Nur ihres", sagte er. „Nicht deines."

Ich warf ihm einen bösen Blick zu und brachte die Getränke zurück zum Tisch.

„Oh, gut", sagte sie, als ich ihr Glas abstellte. „Ich habe gerade gedacht, dass ich einen brauchen könnte, und da das Sheehan's immer noch geschlossen ist ..."

„Wirklich? Du hast das gehört? Sie haben die Inspektion nicht bestanden?"

Grim schnappte unter dem Tisch nach meinem Bein, und ich zog es weg, bevor ich seinen Teller mit Fleischbällchen nahm und auf den Boden stellte. Sie waren wahrscheinlich zu heiß zum Essen, aber ich konnte ihn nicht immer vor sich selbst schützen.

„So wie's aussieht nein. Ich bin auf dem Weg hierher an Kelley Sullivan vorbeigegangen. Er war mit seiner Freundin auf dem Weg zum Atlantis Day Spa, da er einen freien Tag hatte."

„Hat er gesagt, warum sie durchgefallen sind?"

„Oh ja", sagte Jane und wickelte die Nudeln ihrer Garnelen-Alfredo auf ihre Gabel. „Alfred Paleroot hat eine winzige Hexenfalle an der Innenseite der Tür zum Damen-WC gefunden. Anscheinend war Fiona außer sich. Kelley sagte, er dachte, sie würde den Kerl verfluchen, so rot war ihr Gesicht. Sie schwört hoch und runter, dass sie das Damen-WC vor seiner Ankunft überprüft und nichts gesehen hat."

„Natürlich hat sie das nicht", sagte ich. „Da war nichts."

Jane nippte an ihrem Wein, dann sagte sie: „Glaubst du wirklich? Dieser Schleimbeutel hat die Hexenfalle selbst eingeschnitzt! Wahrscheinlich war es nicht einmal eine echte. Er kam mir immer zu dumm vor, um sowas wie fortgeschrittene Magie hinzubekommen."

Sie musste dasselbe gedacht haben wie ich – dass ihr Mann an einer Hexenfalle beteiligt war, die mich, Donovan und Eva fast knusprig gebraten hätte – und sie verstummte und richtete ihre Aufmerksamkeit auf ihr Essen.

Ich wollte etwas sagen, damit sie sich nicht mehr so schlecht fühlte, aber was gab es da zu sagen?

Nichts. Ich hatte schon versucht, sie aufzumuntern, und sie hatte es sofort bemerkt.

Nun, wenn ich nichts *sagen* konnte, gab es vielleicht etwas, das ich *tun* konnte.

Ich musste dem auf den Grund gehen, was in Eastwind vor sich ging. Natürlich bedeutete das, dass ich das Versprechen, das ich Tanner gegeben hatte, brechen würde.

Er musste aber wissen, dass das passieren würde, oder?

Ich würde einfach so tun, als wüsste er es.

Kapitel Siebzehn

Mein Plan, die Bouquets zu besuchen, musste noch etwas warten, denn bevor ich nach meinem späten Mittagessen mit Jane unbemerkt verschwinden konnte, musste ich zum Unterricht mit Oliver und Ruby.

Wie immer war Oliver zuerst dran. Doch mitten in seinem Vortrag über Gravitationswellen hielt er inne, starrte mich direkt an und sagte: „Hörst du überhaupt zu?"

Ich blinzelte. „Ja. Ich höre alles. Ich habe nichts anderes, worauf ich hören könnte." Das stimmte. In Rubys Salon war es still, abgesehen vom gelegentlichen Rascheln, wenn Ruby in ihrem Sessel in der Ecke die Seite ihres Buches umblätterte, oder Clifford, dessen hohes Alter bedeutete, dass sein Körper bessere Tage gesehen hatte, und er laut schnarchte, bevor er davon aufwachte und sich in eine neue Position rollte.

Oliver schüttelte kaum merklich den Kopf. „Es ist nur ... ich weiß, dass die meisten Schüler dieses Material faszinierend finden, und Astronomie ist besonders wichtig für dich, aber ... ist sie das?"

„Was?" Hatte Oliver gerade den Lehrplan des Zirkels

infrage gestellt? Wer weiß, wie viele Jahre sie damit verbracht hatten, jede Lektion mit dem feinen Kamm der Bürokratie durchzugehen!

Er wirkte schockiert über sich selbst. „Ich weiß nicht. Ich schätze, ich frage mich einfach, wie nützlich ich hier bin. Du bist eine Hexe des Fünften Windes. Ich bin nur ein Westwind. Ich weiß nichts über deine Magie. Ich bin völlig unterqualifiziert für das hier. Und es scheint, als hätte nichts, was ich getan habe, dir je geholfen, wenn du es wirklich gebraucht hast."

„Hey", sagte ich und beugte mich über den Tisch zu ihm. „Kopf hoch. Du hast mir neulich in der Bibliothek geholfen. Ohne dich hätte ich vielleicht nicht gewusst, wie ich den Liebeszauber angehen soll."

Seine Miene hellte sich auf. „Wirklich?"

„Ja."

Das war eine Lüge. Ted war derjenige gewesen, der Donovan und mir geholfen hatte, zu erkennen, dass ein Archetyp hinter dem Chaos steckte. Aber Oliver hatte mir geholfen, vorher einige andere Möglichkeiten auszuschließen, also würde ich meinem Lehrer einen Teil der Anerkennung geben.

Er kniff die Augen zusammen, eine Frage formte sich dahinter. „Und wie hast du es letztlich geschafft?"

„Ooh, ähm ... das kann ich dir nicht sagen. Sorry."

„Bitte, ich weiß, dass du einen Zirkel gebildet hast. Das ist der einzige Weg für eine Hexe, gegen etwas so Mächtiges wie einen Archetyp auch nur den Hauch einer Chance zu haben. Ich bin nur neugierig auf die Details."

Versuchte er etwa ...?

Ich spürte, wie ein heißer Strom des Gefühls, verraten zu werden, in meiner Brust aufstieg. „Es ist die Belohnung, oder? Du versuchst herauszufinden, wer die Nordwindhexe ist, damit du die Belohnung kassieren kannst."

„Oh, komm schon", sagte Ruby aus der Ecke. Dann, zu Oliver: „Hör nicht auf sie, Junge. Sie scheint zu denken, dass jeder wissen will, wer zum Zirkel gehört, aber du tust das nicht, oder?"

„Nein", sagte Oliver, und es klang ehrlich genug. „Ich bin nur neugierig, weil ich nicht die praktische Erfahrung habe, die du hast. Ich lese immer nur in Büchern darüber, was nicht dasselbe ist. Außerdem", fügte er hinzu, „brauche ich das Belohnungsgeld nicht, und es ist offensichtlich, dass Landon die Nordwindhexe ist."

Ich war so ein Dummkopf. „Es tut mir leid, Oliver. Ich —"

„Mach dir keine Sorgen. Du hast recht, defensiv zu reagieren. Beim letzten Zirkeltreffen haben sie über nichts anderes geredet. Nicht offiziell, natürlich, aber in kleinen Gruppen. Alle sind nervös, dass es in Eastwind einen vollständigen Zirkel gibt, der ausschließlich aus Hexen besteht, die nie an den Treffen teilnehmen und daher keine klare Loyalität zu ihren Mithexen haben."

Ruby legte ein Lesezeichen in ihr Buch und räusperte sich, während sie aufstand. „Warum machst du heute nicht früher Schluss, Oliver? Ich bin sicher, Chloe würde sich über ein bisschen extra Zeit mit dir freuen."

„Zoe", korrigierte er automatisch. „Ja, du hast wahrscheinlich recht. Sie hat im Tierheim Überstunden gemacht, und sie hat angefangen, mit mir in der Babystimme zu sprechen, die sie für die Tiere benutzt. Sie könnte wohl eine Pause gebrauchen."

Ruby nickte. „Lade das arme Mädchen auf ein richtiges Date ein. Leb ein bisschen."

Er strahlte über das ganze Gesicht bei der Aussicht. „Werde ich."

Sobald er seine Sachen gepackt hatte und in den strömenden Regen hinausging, begann Ruby, Tee zu kochen, und ich nahm an, dass Olivers frühes Gehen nicht bedeutete, dass ich etwas Freizeit vor meinen Lektionen mit Ruby bekommen würde.

Es gab nicht viel, was wir in Sachen Astrologie tun konnten. Die Lehrbücher waren in einer alten Sprache, die Ruby nur teilweise verstand, und sie war es leid, mir die Bruchstücke zu erklären. Und solange der Regen nicht nachließ, gab es auch kein Sternegucken.

Wir hatten jedoch ein paar Sternenkarten, die sie Ezra gebeten hatte, für uns anzufertigen, da das in seinen Zuständigkeitsbereich bei Ezra's Magical Outfitters fiel. Natürlich bat kaum jemand jemals um Sternenkarten, da nur wenige Wesen dafür Interesse zeigten oder in der Lage waren, sie zu deuten. Deshalb musste er, nachdem sie die Anfrage gestellt hatte, für die kommenden Monate neue anfertigen.

Und natürlich, da es Ruby war, die gefragt hatte, hatte sich Ezra sofort daran gemacht.

„Oliver hat recht, weißt du?", sagte sie, stellte den Kessel und zwei Tassen auf den Tisch und nahm Platz.

„Was meinst du?"

„Er ist völlig überfordert. Es ist, als würde ein Literaturprofessor versuchen, Quantenphysik zu unterrichten. Er ist klug und gebildet, aber sein Wissen und seine Erfahrung sind vollkommen falsch für den Job."

„Hat das mit dem zu tun, was du vorher über Erdmagie versus Geistermagie gesagt hast?", fragte ich.

Sie goss den Tee ein. „Genau. Es mag so aussehen, als wäre alle Magie gleich, aber das ist sie nicht. Bei weitem nicht. Wenn eine höhere Macht am Werk ist, hat sie einen guten Grund, so wenige Hexen des Fünften Windes zu erschaffen."

„Meinst du, abgesehen davon, dass es dazu nötig ist, dass wir in unseren vergangenen Leben auf ziemlich schreckliche

Weise sterben, und in unsere jetzigen Leben sterben müssen, um hierherzukommen?"

„Nun, ja, das auch. Aber mehr, weil Geistermagie und Erdmagie wie Öl und Wasser sind. Unsere bloße Existenz stört den normalen Fluss der Erde. Weißt du, unser Bereich ist überhaupt nicht die Erde. Wenn du es nicht bemerkt hast, sind wir hier ein bisschen wie Aliens."

Ich seufzte. „Das habe ich bemerkt. Aber ich habe immer noch mehr das Gefühl, hierher zu gehören, als nach Texas."

„Das liegt daran, dass dem so ist. Nur weil du nicht reinpasst, heißt das nicht, dass du nicht hierhergehörst. Wir sind wie eine Naturkatastrophe – gefährlich, aber notwendig für fortlaufende Veränderung und neues Wachstum. Wir sind das Erdbeben, das neue tropische Inseln schafft, das Feuer, das den Weg für neue Pflanzen freimacht, der Tsunami, der die Küsten von Meilen und Meilen hässlicher Resorts zurückerobert, der Hurricane, der die Leute daran erinnert, wie wenig Krimskrams sie brauchen und wie sehr sie einander brauchen.

Hexen des Fünften Windes sind störende Elemente. Wir erinnern einige von denen, die sich zu wichtig fühlen, daran, dass es immer noch Kräfte gibt, die sie nicht kontrollieren können. Manche Leute können das akzeptieren, aber viele mehr werden es nie tun.

Unsere Geisteskräfte kommen von den Sternen. Du kannst es spüren, wenn du hinsiehst, oder?"

Ich nickte.

„Und du konntest es schon in Texas spüren, bevor du überhaupt gewusst hast, wozu du bestimmt warst."

Ich nickte wieder.

„Du bist nicht die Einzige. Jeder kann diese Sehnsucht spüren, dieses ruhelose Ziehen, wenn er oder sie in den Nachthimmel schaut. Es ist ein Gefühl der Machtlosigkeit. Manche erleichtert das, andere erschreckt es. Weißt du, was entscheidet, wer was fühlt?"

„Keine Ahnung."

„Deine eigene Definition von Macht. Diejenigen, die Macht über andere suchen, um sich selbst mächtig zu fühlen, schauen nicht gern in die Sterne. Und du, Nora, bist die Sterne."

Ich hielt inne, um darüber nachzudenken, und trank einen kleinen Schluck von meinem Tee. „Deshalb mögen die Hohepriesterin und die Bürgermeisterin mich nicht?"

„Das würde ich vermuten. Es könnte auch daran liegen, dass du jünger und hübscher bist, aber wer weiß?"

„Erdmagie", begann ich und versuchte, eine richtige Frage in meinem Kopf zu formulieren. Ich scheiterte.

Aber zum Glück brauchte Ruby in ihrer ungewöhnlich gesprächigen Stimmung keine Frage, um fortzufahren. „Diejenigen mit Erdmagie haben hier ihren Frieden gefunden. Sie haben sozusagen Heimvorteil. Während deine Macht jenseits des physischen Bereichs und in der Leere zwischen den fernen Planeten liegt, ist deine Magie insgesamt exponentiell stärker, wenn du sie erreichen und darauf zugreifen kannst. Und das ist der Trick. Du hast noch nicht einmal angefangen, darauf zuzugreifen, und sobald du es tust, nun, könnte Eastwind ganz unter deiner Kontrolle stehen, wenn du es willst."

„Aber ich will Eastwind nicht unter meiner Kontrolle haben!", sagte ich erschrocken. „Das klingt schrecklich."

Ruby lachte. „Dachte ich auch, weshalb du mich in diesem alten Haus siehst, wo ich wenig mehr tue, als Tee zu kochen, Bücher zu lesen und zu versuchen, dich davor zu bewahren, dich umzubringen. Und deshalb habe ich keine Angst davor, dass du deine Kräfte in vollem Umfang entdeckst. Und doch, für Leute, die Macht nur in Bezug auf die Kontrolle über andere sehen, wird deine Ablehnung nie glaubwürdig erscheinen. Sobald du aufhörst, andere zu kontrollieren, musst du anfangen, dich selbst zu kontrollieren, und das ist eine Fähigkeit, die sich viel schwerer meistern lässt, obwohl sie lohnender ist und normalerweise weniger sinnlose Meetings nötig sind."

„Hm ... also schätze ich, dass die Tatsache, dass Esperia neulich im Medium Rare mein Lehrbuch gesehen hat und weiß, dass ich Astronomie studiere, wahrscheinlich nicht gut für das Fortdauern meines Glücks in der Stadt ist, oder?"

Sie nippte an ihrem Tee und stand auf. „Wahrscheinlich nicht. Aber wenn sie nicht geglaubt hat, dass wir mit unseren Lektionen so weit kommen würden, ist sie eine größere Närrin, als ich immer gedacht habe, und lass mich dir sagen, sie ist eine ziemlich große Närrin." Sie streckte sich und seufzte. „Ich denke, das reicht für heute Abend, findest du nicht? Ich habe nur noch vierzig Seiten dieses unglaublich guten Krimis vor mir, und ich würde ihn gern vor dem Schlafengehen fertig lesen, wenn es dir nichts ausmacht."

„Nein. Überhaupt nicht."

Sie lächelte mich herzlich an. „Gut. Ich mache mich daran, und du mach weiter mit den gefährlichen Plänen, die du für heute Abend hast."

Ich spuckte fast meinen Tee aus. „Was?"

Sie drehte sich nicht um, auf dem Weg zu ihrem gemütlichen Sessel. „Ich brauche den Nachthimmel nicht zu sehen, um die Sterne zu lesen. Ich habe alle Zeichen schon früher gesehen. Und habe sie auch gelebt." Sie stellte ihren Tee auf den Beistelltisch, griff nach der Decke, die über die Lehne des Sessels drapiert war, schlang sie wie einen Umhang um ihre Schultern und ließ sich mit einem genießerischen Stöhnen auf das Kissen sinken.

„Sag es Tanner nicht, bitte", sagte ich.

Sie kicherte. „Das werde ich nicht müssen. Wenn es halb so riskant ist, wie ich denke, wird er dort auftauchen. Er hat gerade Dienst, oder?"

Ich starrte sie an angesichts der Andeutung, dass mein Plan so sehr außer Kontrolle geraten würde, dass ich die Polizei rufen müsste.

„Komm, Grim", sagte ich und griff nach meinem Mantel.

„Nein."

„Grim!", sagte ich scharf.

„*Auf keinen Fall. Du gehst zu den Bouquets. Da stimmt was ganz schön nicht. Ich weigere mich, an deinem Tod beteiligt zu sein.*"

„*Aber du liebst den Tod*", lockte ich. „*Es könnte Spaß machen.*"

„*Okay, dann geht es eben nicht um den Tod.*"

„*Worum geht es dann?*"

Er schien nicht antworten zu wollen.

„*Grim, worum geht's?*"

Er wimmerte leise, dann sagte er: „*Die Fleischbällchen haben meinen Magen durcheinandergebracht. Ich glaube, ich habe sie zu schnell gegessen.*"

„*Oh Fänge und Klauen!*"

„*Was?! Ich hätte es nicht getan, wenn du nicht so lange gewartet hättest, um zu Mittag zu essen, und nicht so lange gebraucht hättest, mir meinen Teller zu geben.*"

Ich nahm meinen Regenschirm aus dem Ständer. „*Du bist wirklich der Gipfel des persönlichen Verantwortungsbewusstseins, Grim.*"

„*Danke.*"

„*Und der Zuverlässigkeit. Ich bin so froh, dass du mir den Rücken freihältst.*"

Ich öffnete die Tür, und als ich auf die Veranda trat, rief Ruby: „Versuch, dich nicht umzubringen, okay?"

Kapitel Achtzehn

Die Straßenlaternen halfen bei dem Wolkenbruch kaum, und ich musste warten, bis sich meine Augen an die Dunkelheit gewöhnt hatten, bevor ich losging. Was normalerweise ein zehnminütiger Spaziergang war, würde etwas länger dauern, da ich nur langsam vorankam, aber das machte mir nichts aus. Ich hatte immer noch viel, worüber ich nachdenken musste. Nicht so sehr das, was Ruby gesagt hatte, obwohl das später mehr Überlegung erfordern würde, wenn ich nicht gerade dabei war, ein Paar auszuspionieren, das mich für das hasste, was ich war.

Die Gedanken, die in meinem Kopf kreisten, drehten sich alle um Hyacinth und James. Arbeiteten sie mit jemandem zusammen, der Leute in Besitz nehmen konnte? Waren sie selbst besessen?

Nein, Hyacinth musste nicht besessen sein, um in ein gehobeneres Viertel zu ziehen, um dem, was sie für Abschaum halten würde, zu entkommen. Und sie musste nicht besessen sein, um plötzlich nicht mehr ins Medium Rare zu kommen, weil es einer Hexe gehörte.

Aber was sollte das mit dem Spionieren?

Nicht meinem durch ihr Wohnzimmerfenster, sondern ihrem. Ich hatte nicht vergessen, wie sie Ruby, Grim und mich aus der Dunkelheit beobachtet hatte, als wir bei den Rainbow Falls waren. Vorausgesetzt, natürlich, dass sie es war und nicht irgendeine andere Elfe, die zufällig wie sie aussah.

Nein, es musste sie gewesen sein. Sie wohnte jetzt in Erin Park, also wäre es kein langer Spaziergang gewesen. Vielleicht hatte sie uns auf dem Weg dorthin gesehen und sich gefragt, ob wir sie zur Antwort auf die Frage führen würden, wer die unbekannte Nordwindhexe war.

Und dann war da ihr Tanz mit Ansel, der größtenteils der Auslöser dafür war, dass ich sie besuchen wollte. Ich musste herausfinden, ob sie etwas von ihm gehört hatte, damit ich Jane beruhigen konnte ... oder ihr zumindest seinen Aufenthaltsort geben, damit sie ihn finden und ihm die Hölle heißmachen konnte, weil er so lange verschwunden war.

Aber war das wirklich der Auslöser, oder machte ich mir nur was vor? Es für Jane zu tun, anstatt meinen eigenen zwielichtigen Drang zum Schnüffeln zu befriedigen, schien nobler. Also blieb ich dabei.

Ja. Ich ging nachts im Regen allein durch eine Stadt voller gefährlicher Wesen, um an die Tür von Leuten zu klopfen, die mich nicht mochten, weil ich meiner Freundin helfen wollte.

Nicht, weil ich eine Schnüfflerin war.

Nein, überhaupt nicht.

Und dann war da die Merkwürdigkeit, dass Tanner gesagt hatte, er habe mich gestern Abend dort gesehen. Und ich verdiente definitiv eine Erklärung dafür, warum James mir durch den Regen gefolgt war. Immerhin ist es eine supergruselige Sache, jemanden so zu stalken. Ich hatte ihm im Medium Rare guten Service geboten – er schuldete es mir, kein totaler

Widerling zu sein. Oder zumindest eine logische Erklärung dafür zu liefern, warum er wie einer wirkte.

„Du hast recht." Die Stimme ließ mich zusammenzucken, da ich vollkommen in Gedanken versunken war und nicht bemerkt hatte, dass jemand in der Nähe war.

Perdita schwebte neben mir, als ich um eine Ecke bog und die Steintafel für Erin Park passierte.

„Ich habe recht?"

„Ja. Du hattest die ganze Zeit recht. Es war nicht meine Schuld, dass Keith mich ermordet hat. Ich wollte nur vorbeikommen und dir danken, bevor ich mich auf das Nächste einlasse."

„Oh, also ... das ist gut. Ich freue mich, dass ich dir helfen konnte." Momente wie diese machten all die Ärgernisse des Jobs wert. Das Wissen, dass ich etwas bewirkte, war manchmal die einzige Bezahlung, die ich brauchte.

„Weißt du", sagte sie in einem leisen, nachdenklichen Ton, „es fühlt sich gut an, diese Verantwortung loszulassen. Immerhin, nur weil ich es satthatte, dass er mir Nacht für Nacht die Bettdecke gestohlen hat und dafür sieben Mal auf ihn eingestochen habe, heißt das nicht, dass ich ihn dazu gebracht habe, mir das Messer abzunehmen und mich damit zu ermorden."

Ich blieb wie angewurzelt stehen und mein Mund blieb offenstehen. „Wie bitte?"

„Er hätte das einfach wie ein Mann ertragen können. Der Himmel weiß, dass er es verdient hat."

„Nein", sagte ich und fragte mich, ob ich in Worte fassen könnte, wie entsetzt ich war. „Ich glaube nicht, dass er es verdient hat, dafür erstochen zu werden."

Sie wischte es weg. „Zeigt, was du weißt. Wie auch immer, vielen Dank, dass du mir geholfen hast."

„Ich nehme es zurück!", sagte ich. „Es *war* deine Schuld!"

Sie lachte. „Ist das ein Test? Es ist einer, oder? Ich schätze, ich bestehe, denn nichts, was du sagst, kann mich überzeugen, dass auch nur ein Hauch von Schuld für meinen Tod auf meinen Schultern liegt. Heiliger Zauber, es fühlt sich toll an, das zu sagen! Du bist eine Wundertäterin, Nora!" Sie breitete die Arme aus und wandte ihr Gesicht dem Himmel zu. „Süße Wonne! Komm und nimm mich! Ich bin bereit."

Und zu meinem völligen Schock verblasste sie langsam.

Ich stand einen Moment lang völlig fassungslos da und starrte auf den Raum, den sie gerade noch eingenommen hatte, während der Regen auf meinen Schirm prasselte.

Perdita war tatsächlich eine schreckliche Person. Sie hatte versucht, ihren Geliebten zu ermorden, und er hatte sich gewehrt.

Während ich froh war, sie los zu sein, wusste ich nicht genau, wie ich mich dabei fühlen sollte, ihr geholfen zu haben, weiterzuziehen.

Ein weiterer Gedanke kam mir, als das Haus der Bouquets die Straße hinunter in Sicht kam: Angesichts der Tatsache, dass sie sich als schreckliches Monster entpuppt hatte und eindeutig verrückt war, hatte sie vielleicht Leute besessen?

Ihr Vorurteil gegen Werwölfe könnte ein Motiv sein, Efarine in Besitz zu nehmen und die Silberbombe zu zünden. Ihre Frustration mit mir, weil ich ihr gesagt habe, was sie nicht hören wollte, könnte ein Motiv gewesen sein, Ansel zu übernehmen und ihn dazu zu bringen, diese Hexenfalle zu vollenden, während wir in der Nische waren. Und da sie mir so oft gefolgt war, könnte sie gewusst haben, dass ich mein Staurolith-Amulett manchmal zum Schlafen abnehme, und auf ihre Chance gewartet haben, zuzuschlagen und von mir Besitz zu ergreifen.

Darüber würde ich noch länger nachdenken müssen, doch jetzt, da sie weitergezogen war, konnte ich nicht viel tun, also beschloss ich, das alles bis nach meinem Besuch bei den Bouquets auf Eis zu legen. Wer weiß, was ich von ihnen erfahren könnte, das mir helfen würde, diese brodelnde Theorie zu bestätigen oder zu widerlegen.

Die Jalousien am Fenster auf der Straßenseite ihres Hauses waren runtergelassen, aber ich konnte sehen, dass die Lichter noch an waren. Ich schüttelte meinen Schirm aus, lehnte ihn gegen den Windfang vor ihrer Tür und klopfte.

Deutliche Geräusche von Bewegung gingen dem Öffnen der Tür um einen Spalt voraus, gerade weit genug, dass ich Hyacinths Gesicht durch den Spalt spähen sah. „Ja?", sagte sie.

Oh wow. Aus irgendeinem Grund hatte ich erwartet, dass sie zumindest so tun würde, als wäre sie angenehm überrascht. Immerhin legte Hyacinth mehr Wert auf bedeutungslose Manieren als irgendjemand, den ich in Eastwind getroffen hatte. Aber hier war sie und tat so, als würde sie mich nicht einmal kennen. „Hi. Ich ... ähm."

Einhornäpfel. Ich hatte nicht darüber nachgedacht, was ich sagen würde, wenn ich da wäre. „*Hi, dein Mann ist mir neulich nach Hause gefolgt, und ich wollte einfach wissen, was zum Höllenhund das sollte?*" Oder vielleicht: „*Hi, ich glaube, du hast eine Affäre mit dem Mann meiner besten Freundin, also ... könntest du das lassen?*"

„Wer ist es?", rief James von hinten. Als sie die Tür etwas weiter öffnete, kam er um die Ecke in den Flur. Er trug eine Khakihose, ein beigefarbenes Langarmhemd mit einem rotgelben Strickpullunder darüber. Typisches James-Outfit, anders als der knallige gelbe Regenmantel, in dem ich ihn zuvor gesehen hatte.

„Nora!", sagte er herzlich, „was machst du denn hier?" Er schob Hyacinth sanft zur Seite, um die Tür weiter zu öffnen. „Komm rein. Das Wetter ist furchtbar da draußen."

Hyacinth wirkte nicht so begeistert, den unerwarteten Gast

einzuladen, aber sie fügte sich untypisch seinem Vorschlag. Normalerweise war sie diejenige, die ihn herumkommandierte, aber vielleicht war das nur ihre Dynamik in der Öffentlichkeit, und zu Hause war es ganz anders.

Sie trug ein langes, blau gemustertes Kleid, das bis zu ihren Knöcheln und ihren Handgelenken reichte. Darauf war ein Durcheinander von kleinen dunklen Objekten abgedruckt, bei denen ich genauer hinsehen musste, um zu erkennen, dass es schwarze Katzen in verschiedenen Posen waren.

Meine Augen blieben gerade an einer mit Katzenbuckel hängen, als James sagte: „Ich habe gerade Tee gemacht. Wenn du möchtest, mache ich dir gern eine Tasse."

Er streckte seinen Arm aus und wies mich in das Wohnzimmer, das ich nur von der Straße aus gesehen hatte, und ich folgte Hyacinth hinein, während er einen Abstecher in die Küche machte.

Vielleicht zum ersten Mal in ihrem Leben war Hyacinth nicht in Stimmung, zu plaudern. Obwohl sie in einem Sessel nur ein paar Meter von dem entfernt saß, den ich wählte, machte sie sich nicht die Mühe, ein Wort zu sagen. Nicht einmal ein „Hallo, wie geht's?" oder ein herablassender Kommentar darüber, dass das Medium Rare zweimal die Inspektion nicht bestanden hatte.

Alles wäre besser gewesen als die Totenstille, die nur vom Ticken der Uhr an der Wand gebrochen wurde.

Das Geräusch zog meine Aufmerksamkeit auf sich, und ich erinnerte mich daran, was Efarine Moulton über die Uhren in Eastwind gesagt hatte. „Das ist eine mechanische, nehme ich an?" Da Hyacinth eine Elfe war und sie so stolz auf ihre Uhrmacherkünste waren, schien es eine ziemlich sichere Vermutung, aber wichtiger war, dass es ein gutes Thema war, um ein Gespräch anzufangen, da es Hyacinth die Chance gab, mit ihrem Erbe zu prahlen. Ich konnte mir nicht vorstellen, dass sie sich eine solche Gelegenheit entgehen lassen würde.

Aber sie tat es. Sie wischte meine Frage mit einer Handbewegung weg. „Oh, wen interessiert's. Sie gehört zum Inventar."

Zum Inventar? Ich wusste, dass viele Leute in der Öffentlichkeit anders waren als privat, aber ihr Verhalten gerade stand so vollkommen im Widerspruch zu dem, was ich über sie wusste. Die Hyacinth, die ich kannte, hörte nie auf zu reden, war stolz auf ihre elbische Herkunft und würde niemals so wenig Gedanken an das Zimmer ihres Hauses verschwenden, in dem sie Gäste unterhalten wollte. War sie krank?

Oder war sie besessen?

Ich suchte nach Anzeichen von Besessenheit, aber das offensichtlichste war so gut wie ausgeschlossen, als ich mich vorbeugte, um ihre Augen zu sehen. Ihre Iriden waren lila – ich bin normalerweise nicht so aufmerksam bei Augenfarben, aber das tiefe Violett von Elfen-Augen ist schwer zu vergessen. Und als ich ihre jetzt studierte, sah ich, dass sie ... tiefviolett waren. Also, es sei denn, sie wurde von einem anderen Elfen-Geist besessen, was unwahrscheinlich schien, wirkte es nicht so, als wäre sie besessen.

Vielleicht hatte James von der Affäre erfahren. Vielleicht schmollte sie, weil sie bei ihrem Mann in Ungnade gefallen war. Bevor ich zu dieser Schlussfolgerung sprang, die auch Ansel verdammen würde, beschloss ich, nach weiteren Hinweisen auf eine mögliche Besessenheit zu suchen.

Wenn jemand von einem Geist besessen ist, hat dieser Geist Zugang zum Verstand und den Erinnerungen des Wirts. Leider sind Erinnerungen im Kopf etwas chaotisch gespeichert, und auch, wenn der Geist schließlich die richtige Antwort finden mag, könnte es etwas dauern, bis er sie tatsächlich hatte.

Der Trick war, die richtige Frage zu stellen. Das galt für so ziemlich jede Situation im Leben, aber besonders für Besessenheit. Man musste nach einer spezifischen Information fragen, die die Person nicht im Vordergrund ihres Geistes hatte, sozusagen, aber es musste ein Detail sein, das sie normalerweise sofort abrufen konnte. Zum Beispiel, wenn ich Ruby nach der Farbe ihres Lieblingsteekessels (Kupfer) oder Tanner nach dem Stein im Kern seines Zauberstabs (Tigerauge) oder Grim nach unserer Regel für Schlafarrangements (nur auf dem Bett, wenn eingeladen, und dann nur am Fußende, damit ich meine Zehen unter ihn schieben kann, und unter keinen Umständen darf er seine privaten Teile ... säubern) fragen würde. Das sind alles Dinge, an die man nicht dauernd denkt, aber wenn man gefragt wird, weiß derjenige genau, wo er oder sie die Information finden kann. Und es ist auch kein Allgemeinwissen.

Ich versuchte, eine Frage für Hyacinth zu finden. Abgesehen von unserem Klatsch im Medium Rare (ihr Klatsch, mein Zuhören und Versuchen, mich dem zu entziehen), wusste ich tatsächlich nicht viel über sie, geschweige denn etwas, das die Kriterien für die Überprüfung auf Besessenheit erfüllte.

Und bevor ich mich auf etwas festlegen konnte, kam James mit dem Tee zurück. „Hier, bitte", sagte er, engagierter und freundlicher, als ich ihn je gesehen hatte – keine Ausgabe des *Eastwind Watch* vor dem Gesicht, kein automatisches „mmhmm", wenn seine Frau ihn fragte, ob er ihr zustimmte.

Er stellte das Tablett auf einen niedrigen Couchtisch aus einem hochglanzpolierten Baumstamm. Als er begann, für jeden von uns einzuschenken, sagte er: „Also, was führt dich heute Abend her? Ich nehme an, du bist nicht gekommen, um uns zu sagen, wer die fünfte Hexe deines Zirkels ist." Er schmunzelte, und ich sah zu Hyacinth, die alarmierend desinteressiert am Thema wirkte.

Vielleicht war sie high. Gab es in Eastwind Drogen? Sicher

gab es sowas bei Pixie Mixie. Stella und Kayleigh Lytefoot waren immer so entspannt ...

„Ich weiß nicht, wovon du sprichst", sagte ich, riss meinen Blick von Hyacinths gelangweilter Miene und griff nach meiner Teetasse. Erst, als ich sie an meine Lippen brachte, bemerkte ich, dass ich wirklich keine Lust darauf hatte, und hielt inne.

Ich war nie ein Fan von Tee gewesen, bevor ich nach Eastwind gekommen war. Ich war eher der Typ für Kaffee den ganzen Tag – es war notwendig für den Lebensstil, den ich pflegte.

Aber in dieser Stadt hatte ich eine Schwäche dafür entwickelt, und ich war nicht dumm; Tee wurde hier als viel mehr als nur ein Getränk angesehen. Es war ein Ritual. Es war etwas, das man mit Freunden tat. Nicht unähnlich dem geselligen Trinken, außer dass man nach ein paar Tassen heißem Tee keine dummen Entscheidungen traf. Oder wenn man es tat, konnte man es nicht auf das Getränk schieben.

Aber als ich den honigsüßen Duft des Tees bemerkte, beschloss ich, ihn einfach zu trinken, auch wenn mir nicht danach war.

Er schmeckte sogar noch besser, als es roch. Eine leichte Hagebuttenbasis mit Noten von Lavendel und Vanille. „Wo hast du den her?", fragte ich. „Ich muss das Zeug austauschen, das Ruby macht, unbedingt gegen diesen hier austauschen."

„Freut mich, dass er dir schmeckt", sagte James. „Ich kann mehr machen, wenn du möchtest."

„Oh, nein danke." Ich hatte fast vergessen, warum ich gekommen war. Es war nicht, um einen neuen Lieblingstee zu entdecken. Obwohl, wenn dieser ganze Besuch keine meiner Fragen beantworten würde, wäre das ein netter Trostpreis, um den Gang im Regen lohnenswert erscheinen zu lassen. Ich trank noch einen langen Schluck und atmete den Geschmack ein. „Ich bin gekommen, weil ich ein paar Fragen hatte, und, ähm, das ist mir jetzt ein bisschen unangenehm ... Neulich, habe ich dich–"

Er hob sanft die Hand und nickte. „Du fragst dich, warum ich dir gefolgt bin."

„Ich frage mich mehr, warum du weggelaufen bist."

Ich warf einen Blick auf Hyacinth, die tief seufzte, als wäre das alles sehr lästig.

„Es war Grim", sagte er. „Ich habe immer gedacht, dass er mich nicht mag, und da ich ein Werwolf bin, kann ich die Körpersprache von Hunden gut lesen. Soweit ich im Regen erkennen konnte, war er ziemlich aggressiv, und ich war nicht in der Stimmung, es mit einem Höllenhund aufzunehmen."

„Ah. Okay." Das ergab schon einen Sinn. Zumindest konnte ich sofort keine großen Löcher darin finden. Ich trank noch einen Schluck Tee und fügte hinzu: „Dann ist die nächste offensichtliche Frage die, die du erwähnt hast: Warum bist du mir überhaupt gefolgt?"

Seine freundliche und aufgeschlossene Haltung änderte sich, und er schlug ein Bein über das andere und starrte in seine Tasse. „Ich, ähm, es ist mir peinlich, das zu sagen, aber" – seine Augen schossen kurz zu seiner Frau. „Sorry, Buttercup. Ich will nur nicht, dass sie denkt, ich sei ein Stalker oder sowas."

Hyacinth beugte sich schließlich vor, um ihren Tee zu nehmen, und winkte ab. „Sag, was du willst. Was sie denkt, spielt keine Rolle, oder?"

Ich zuckte mit dem Kopf zurück und fühlte mich, als hätte sie mich geschlagen. Das war ein neues Level von Unhöflichkeit, selbst für sie. Es war auch eine neue Stufe von Direktheit. Hyacinth war jemand, der durch die Blume Komplileidigungen und Sticheleien austeilte. Aber das war einfach nur gemein.

Auch wenn James sie nicht tadelte, hatte er den Anstand, sich für sie zu schämen. „Ich bin dir vom Medium Rare gefolgt, weil ich gehofft hatte, du würdest dich mit der Nordwindhexe treffen."

Ich musste nicht fragen, welche Nordwindhexe er meinte.

„Wir haben dieses Haus gerade gekauft", fuhr er fort, „und es liegt in einem deutlich besseren Viertel als unser letztes und ist fast doppelt so groß. Das Belohnungsgeld hätte uns sehr geholfen, es abzuzahlen."

Sein entschuldigendes Schulterzucken machte mich nicht weniger genervt über das, was ich hörte. „Du warst bereit, mich und vier andere Hexen der Gefahr auszusetzen, dass ein wilder Mob unsere Häuser stürmt, weil du deine Hypothek nicht bezahlen kannst?"

Er seufzte. „Ich weiß, es ist so egoistisch. Ich schäme mich so."

Während seine Geschichte zu erklären schien, warum er mir gefolgt war und möglicherweise Hyacinths Spionieren bei den Rainbow Falls, gab es immer noch das heikle Thema Ansel zu klären, ganz zu schweigen von der Tatsache, dass Tanner sagte, er habe mich gestern Abend dort gesehen und ich keine Erinnerung daran hatte.

Nur die Tatsache, dass ich mehr Informationen von ihm wollte, hielt mich davon ab, ihn so auszuschimpfen, wie er es verdiente. „Ich verstehe, James. Ich hatte auch schon Geldprobleme, und einige der Dinge, die ich getan habe, sind mir auch peinlich." Das war eine Lüge. Vielleicht war ich als Teenager arm, als ich das schreckliche Haus meiner Tante verlassen hatte, um allein zu leben, aber in dem Alter brauchte man nicht viel Geld. Und selbst wenn es so gewesen wäre, hätte ich meine Freunde nicht verkauft.

Sie wissen schon, wenn ich Zeit für Freunde gehabt hätte.

Und dann war mein Leben vergangen – ein Rausch aus Arbeitssucht und Geld, von dem ich nicht wusste, wie ich es ausgeben sollte. Und dann bin ich gestorben. Nicht ideal, aber besser, als zu versuchen, für schnelle Kohle das Leben von fünf Leuten zu ruinieren.

„Danke, dass du es verstehst", sagte er, während er immer noch in seine Teetasse starrte.

„Ich bin noch neugierig auf ein paar Dinge", sagte ich, aber bevor ich fortfahren konnte, spürte ich diesen Drang, der ganz plötzlich kam, die Art, die nur durch zu viel Tee entsteht.

Meine Blase stand kurz vor dem Explodieren. Fühlte Grim sich meistens der Zeit so?

„Ähm, bevor ich darauf eingehe … das Badezimmer?"

„Was? Oh, ja." Er stand abrupt auf. „Hier entlang."

Es schien eine gute Gelegenheit für eine Pause zu sein. Während sein Geständnis die Situation zwischen uns sicherlich ein bisschen unbehaglich gemacht hatte, war ich ihm nicht böse. Allerdings könnte es etwas hitzig werden, sobald ich anfing, Hyacinth zu fragen, warum sie in ihrem neuen Zuhause mit einem anderen Mann tanzte – und das mit einer vollen Blase zu tun, schien unklug.

Die Türen zu beiden Seiten des Flurs waren alle geschlossen, außer einer, die weit offen stand. In diesem Raum war nichts als eine Matratze und ein paar Decken am Boden. Das war doch sicher nicht ihr Schlafzimmer. Wenn ich mir tausend verschiedene Einrichtungen für Hyacinth Bouquets Schlafzimmer vorgestellt hätte, wäre keine davon so gewesen.

Aber bevor ich den Gedanken zu Ende denken konnte, sagte James: „Da ist es", und deutete auf die Tür am Ende des Flurs.

„Danke", sagte ich und versuchte, nicht zu zeigen, wie seltsam es war, dass er das Bedürfnis hatte, mich den ganzen Weg bis zum Badezimmer zu begleiten. Hatte er Angst, ich würde in den anderen Räumen herumschnüffeln? Gab es etwas hinter den Türen, die wir passiert hatten, das ich nicht sehen sollte?

Aber als ich die Badezimmertür öffnete und nach einem Lichtschalter in dem dunklen Raum suchte, fand ich auf die harte Tour heraus, warum er mich den ganzen Weg den Flur hinunter begleitet hatte. Und es war nicht das, was hinter den Türen war, die wir passiert hatten.

Es war das, was ich fand, als ich die Badezimmertür öffnete...

Kapitel Neunzehn

Ich hatte kaum Zeit, „Was zum Zauber?" zu sagen, bevor James mich grob von hinten stieß. Ich stolperte nach vorn, aber es war keine magische Dusche, ein Waschbecken oder gar eine Toilette, die meinen Fall bremste.

Tatsächlich bremste nichts meinen Fall, nicht sofort. Als er mich stieß, versuchte ich, einen Schritt nach vorn zu machen, um mich zu fangen, aber dort, wo der Boden sein sollte, war ... nichts.

Bis mein Stiefel die Stufe fand, war es zu spät, und ich rutschte mit den Füßen voran die Holztreppe in den pechschwarzen Keller hinunter und landete hart am Boden. Mein Steißbein pochte, und ich holte scharf Luft, als ich den Schmerz von meinem verdrehten Knöchel registrierte.

Ich schaffte es, mich gerade genug zu drehen, um James' Silhouette in der Tür zu sehen, einen Moment, bevor sie sich schloss und ich mich in vollkommener Dunkelheit fand.

Einen Moment lang war ich zu geschockt, um die Treppe wieder hinaufzustürmen und – wenn nötig – die Tür einzutreten. Ich machte mir auch Sorgen, wie die Situation mit James eskalieren könnte. Wenn er bereit war, mich die Treppe hinunterzustoßen, was würde er sonst noch tun, um mich hier unten zu halten?

Und warum war ich überhaupt hier unten? Ich musste etwas herausgefunden haben, wovon er nicht wollte, dass ich es weiß. Oder vielleicht kam ich der Wahrheit zu nahe. Aber was war das Endspiel? Sicherlich würde bald jemand nach mir suchen. Hatte er vor, mich hier unten allein festzuhalten, bis ich starb?

Nur, dass ich nicht allein war.

„Nora?", kam eine tiefe Stimme, die ich sofort erkannte.

„Ansel?" Ein paar kleine Fenster knapp unter der Decke, die auf den Rasen draußen führten, ließen gerade genug Licht herein, dass sich meine Augen daran gewöhnen konnten und ich die massige Gestalt des Werbären erkannte. Er kam langsam näher, und ich machte mir Sorgen, ob ich in seiner Gegenwart sicher war. Ich war mir über fast nichts mehr sicher.

„Die haben dich auch erwischt, was?", fragte er. Die Frage hatte eine Hoffnungslosigkeit, als ob sie vielleicht jeden irgendwann erwischen würden.

„Wie lange bist du schon hier unten?", fragte ich.

Eine andere Männerstimme aus den Schatten sagte: „Nicht so lange wie ich."

Okay, jetzt war ich verwirrt. Denn ich hätte schwören können, dass ich gerade James Bouquets Stimme aus den Schatten gehört hatte.

Und tatsächlich, als ich tiefer in den offenen Kellerraum trat, tauchten die dunklen Umrisse weiterer zusammengekauerter Gestalten auf, und der, der gesprochen hatte, war definitiv James. Und neben ihm ... „Hyacinth?!"

Ich konnte gerade so die helle Decke ausmachen, auf der sie neben ihrem Mann lag, der mit angezogenen Knien dasaß.

„Ja, ich bin's", sagte sie kläglich. „Nicht gerade in einem Zustand, in dem ich gesehen werden möchte, aber da kann man nichts machen. Oh, warte nur, bis Willamena davon erfährt. Das wird sie mir ewig unter die Nase reiben!"

Das war definitiv die Hyacinth, die ich kannte. Aber wie war sie an zwei Orten gleichzeitig?

Und dann klickte es. „Fänge und Klauen!", zischte ich. „Die Leute da oben. Sie sind nicht besessen, sie sind –"

„Doppelgänger", kam die leise Stimme von Quinn Shaw von der Wand hinter mir und ließ mich zusammenzucken.

„Wer ist noch alles hier unten?", fragte ich und kniff die Augen zusammen. Es war fast unmöglich zu erkennen, welche dunklen Umrisse Leute und welche Lampen oder alte Möbel waren.

Ansel antwortete: „Wir vier, du und Darius."

„Hey, Nora", sagte Darius Pine mürrisch von einem Platz ein paar Meter von Quinn entfernt.

„Aber wie seid ihr alle hier gelandet?"

„Ich – ich kann mich wirklich nicht an alles erinnern", sagte Ansel. „Aber ich weiß, dass ich auf dem Weg zum Sheehan's war, um mich bei Jane dafür zu entschuldigen, dass ich ein Idiot war, als James mich abgefangen hat, und ..." Er schüttelte den Kopf. „Ich glaube, er hat mich eingeladen, das neue Haus anzusehen, und ich konnte schlecht ablehnen ..."

„Ich habe dich nie abgefangen", korrigierte James. „Das war nicht ich."

Bevor ich fragen konnte, wie das möglich war, meldete sich Darius zu Wort. „Bei mir war es im Grunde dasselbe. Ganz einfach. Ich bin James begegnet, und er hat mich gefragt, ob ich sein neues Haus sehen wollte. Und dann ..."

„Ich habe dir doch gesagt", seufzte James, „das war nicht ich. Hör auf, zu sagen, dass ich das war."

„Und wie seid ihr zwei hier unten gelandet?", fragte ich James.

Er runzelte die Stirn. „Ich bin mir nicht ganz sicher. Ich glaube, wir sind schon eine ganze Weile hier unten. Manchmal denke ich, ich erinnere mich, wie es passiert ist, aber dann ergibt es einfach keinen Sinn. Es ist alles sehr verwirrend."

Wenigstens waren wir uns da einig. „Nächste Frage, und die ist wichtig: Warum seid ihr immer noch hier unten?" Ich richtete die Frage hauptsächlich an Ansel und Darius, die beide Muskeln im Überfluss hatten und problemlos die Tür eintreten, in ein paar Doppelgänger-Hinterteile treten und entkommen konnten.

„Ein Zauber, glaube ich?", sagte Ansel und kratzte sich am Kopf. „Oder vielleicht ... Warte. Wer hat nochmal gesagt, dass es ein Zauber war?" Er sah sich nach den anderen Gefangenen um.

„Ich dachte, du hast das gesagt", sagte Quinn. „Ich glaube, ich erinnere mich, dass du gesagt hast, du hast die Tür getestet und sie war verzaubert."

„Nein", sagte Ansel. „Ich habe das nie gesagt."

„Wie ist sie verzaubert?", fragte ich. „Ich dachte, Doppelgänger könnten keine Magie ausüben."

Ansel schien mich nicht zu hören, während er sich langsam im Kreis drehte, als suchte er nach etwas, das er verlegt hatte. „Ich glaube, es war ... warte. Wo sind wir?"

„Die Tür kann nicht verzaubert sein", wiederholte ich. „Sie muss einfach nur abgeschlossen sein, und wir haben zwei Werbären. Sicher können wir ..." Sicher können wir ... was? Was hatte ich gerade eben noch gedacht? Ich verlor schon den Faden.

Oh ja. Die Tür war verzaubert. Oder, nein, Moment. Die Tür war *nicht* verzaubert und ... wirklich, die ganze Situation machte mit jeder Sekunde weniger Sinn.

Warum war das so verwirrend?

„Wir sind in einem Keller", sagte ich und versuchte, nichts durcheinanderzubringen. „Ich glaube zumindest, dass wir das sind." Ich hatte eine Erinnerung daran, draußen vor dem Keller in einem Wohnzimmer Tee getrunken zu haben ... dann was?

Meine Blase half mir, mich zu erinnern. Ich musste dringend zur Toilette, also ging ich ins Badezimmer ...

Ansel gähnte und kehrte zu einem Haufen Decken an der Wand unter den schmalen Fenstern zurück. „Ich denke, ich lege mich nur für eine Minute hin."

Mann, das klang gut. Meine Lider wurden schwer und fielen zu. Ich wusste, ich sollte gegen das kämpfen, was auch immer das war, aber der Grund dafür wurde immer verschwommener.

Apropos verschwommen: Darius Pine, der sich auf der Seite auf einer alten Decke zusammengerollt hatte und den Arm als Kopfkissen benutzte, sah aus wie ein unglaublich großer Löffel. Würde es ihm etwas ausmachen, wenn ich mich nur für ein paar Minuten zu ihm auf seine Decke legte? Ich war so müde.

Nein, Nora! Das ist nicht richtig! Irgendwas stimmt hier nicht! Leg dich nicht hin!

Ich blinzelte und mühte mich ab, die Teile wieder zusammenzusetzen, kämpfte gegen den Einfluss, der meinen Verstand trübte. Ich hatte oben mit James und Hyacinth gesprochen – aber sie waren jetzt hier unten.

Doppelgänger. Richtig. Und wir waren hier unten durch einen Zauber gefangen.

Kein Zauber. Doppelgänger können keine Magie ausüben.

Als ich mich vor Darius auf seine muffige Decke kuschelte (er schien es kaum zu bemerken), kam mir die Antwort. Leider wusste ich zu diesem Zeitpunkt die Frage nicht mehr, doch die Antwort war: *Jeder kann einen Trank brauen.*

Ich griff hinter mich, packte Darius' baumstammdicken Arm und zog ihn über mich, um mich aufzuwärmen. Während ich spürte, wie mein Bewusstsein selig davontrieb und dem Schlaf Platz machte, wusste ich, dass ich in Schwierigkeiten war. In großen Schwierigkeiten. Ich wusste es in meinen Knochen. Meine Einsicht schrie: „Du musst hier raus! Jetzt!" Aber ich konnte nicht. Ich wusste nicht, wie. Oder warum.

Darius grunzte im Schlaf hinter mir, und in meinem Nebel stellte ich mir vor, dass es Tanner war, der sich an meinen Nacken schmiegte, nach einer langen Nachtschicht friedlich schlummernd...

Und dann war ich weg.

Kapitel Zwanzig

Ich hatte den seltsamsten Traum.

Ich träumte, ich stünde im strömenden Regen, das Gesicht den Wolken zugewandt, während die ersten Strahlen der Morgendämmerung in der Ferne durch sie hindurchbrachen. Und in diesem Traum konnte ich mich kaum bewegen. Mein Blut fühlte sich wie Blei an, das jeden Zentimeter von mir beschwerte. Aber ich musste mich nicht bewegen, denn starke Arme trugen mich.

Und in diesem Traum, als ich aufsah, um zu sehen, wer es war, lächelte ich. Das überwältigende Gefühl von Furcht und Verzweiflung, das mich umgeben hatte, verschwand, sobald ich Tanners wunderschöne haselnussbraune Augen sah.

Aber er lächelte nicht zurück. Eine tiefe Falte hatte sich zwischen seine sandblonden Brauen gegraben, als er mich von oben bis unten musterte.

Und er schrie etwas. Ich konnte es nicht ganz verstehen. Es klang wie …

„Nora! Nora! Kannst du mich hören?"

Ich versuchte zu antworten, aber es kamen keine Worte heraus.

„Nora! Sag was!"

Als er eine Hand auf meine Wange legte und ich die Wärme auf meiner Haut spürte, wusste ich sofort: Das war kein Traum.

Dennoch fühlte es sich nicht ganz real an.

„Was ...?", war alles, was ich herausbringen konnte, und sobald ich es sagte, spürte ich einen Ruck, als er auf die Knie fiel und mich immer noch fest in seinen Armen hielt.

Die Kälte des Regens traf mich als Nächstes, und ich zitterte, fühlte mich etwas mehr mit der Realität verbunden, als ich meine Arme um seinen Hals schlang. Es kostete all meine Energie, mich an ihn zu klammern, aber er hielt mich doppelt so fest. „Oh Göttin, Nora. Ich dachte ..."

Er sagte nicht, was er dachte, aber ich hatte eine Ahnung, so, wie seine Stimme brach. Ich drehte langsam meinen Kopf. Die Welt um mich herum schwirrte. „Wo sind wir?"

„Erin Park", sagte er.

Er setzte mich sanft auf eine niedrige Steinmauer, hielt aber seinen Arm hinter mir ausgestreckt, um sicherzugehen, dass ich nicht das Gleichgewicht verlor, während die Welt weiter schwankte.

Je mehr ich von dem sah, was um mich herum geschah, desto weniger konnte ich es verstehen. Wie viel Zeit war vergangen, seit ich ... Moment, wie war ich hierhergekommen? Und warum lagen Darius, Ansel, Quinn, James und Hyacinth mit dem Gesicht nach oben auf der regennassen Straße?

Deputy Stu Manchester beugte sich über Hyacinth, tätschelte ihr sanft die Wange und schrie sie an, ohne eine Antwort zu bekommen.

Drei weitere vertraute Gesichter kümmerten sich um die anderen, und ich hatte dieses seltsame Gefühl, dass sie irgendwie miteinander zu tun hatten, aber in meinem derzeitigen Zustand konnte ich ... den Sprung nicht ganz machen ...

Eva Moody hatte Darius Pines Kopf auf ihrem Schoß, während sie sich über ihn beugte, leise sprach und sein nasses Haar aus seinem Gesicht strich.

Donovan Stringfellow schüttelte Ansel grob, aber obwohl die Augen des Werbären offen waren, schien er genauso erschöpft wie ich mich fühlte und rührte sich nicht.

Jemand half Quinn Shaw, sich langsam gegen den Bordstein in eine sitzende Position aufzurichten. Er war ein blondhaariger Hexenmeister mit rosigen Wangen, dessen Name ... ich kannte ihn. Er lag mir auf der Zunge. Ich wusste, dass ich ihn mochte. Aber sein Name ...

„Trink das", sagte eine sanfte Stimme zu meiner Linken. Ich drehte mich zu ihr um und wäre fast zurückgezuckt, als ich mir selbst ins Gesicht starrte, und wäre hintenüber von der Mauer gefallen, wenn Tanner nicht klugerweise seinen Arm hinter mir gelassen hätte.

„Doppelgänger!", schrie ich. Und einige der jüngsten Erkenntnisse fluteten meinen Verstand als wirres Durcheinander.

„Nora, es ist okay", sagte Tanner, aber plötzlich klang es, als würde er gleich loslachen. „Sie ist kein Doppelgänger. Das ist nur Kayleigh."

Ich blinzelte ein paarmal und versuchte, es zu verarbeiten.

Ach, natürlich. Während Kayleigh Lytefoot mir geradezu unheimlich ähnlich war, wenn auch hübscher und jugendlicher (obwohl sie hunderte Jahre älter war als ich), gab es einige offensichtliche Unterschiede, die ich übersehen hatte. Zum einen war sie etwa halb so groß wie ich. Und zum anderen hatte sie Flügel.

Die Pixie war freundlich genug, das Lachen über meinen Irrtum zu unterdrücken, und reichte mir nochmal die Flasche.

„Du wurdest *verwirrt*. Es wird nicht weggehen, bis du das trinkst.“

„Aber wie hast du—“

„Na, na, na“, unterbrach sie mich sanft. „Erst trinken, später fragen.“

Kein großartiger Rat fürs Leben, aber da ich Mühe hatte, mich an meinen eigenen Nachnamen zu erinnern, sah ich Tanner an, und als er nickte, beschloss ich, dem Inhalt der Flasche zu vertrauen.

Es schmeckte, wie Grims Atem roch. „Igitt!“ Ich spürte, wie es wieder hochkam, und schaffte es gerade so, es wieder herunterzuschlucken. Innerhalb von Sekunden lichtete sich der geistige Nebel, und an seine Stelle traten tausend kohärentere Fragen. Die dringlichste richtete ich an Tanner. „Hast du sie erwischt?“

„Bloom hat sie. Ich glaube, sie ist noch drinnen bei ihnen.“

Er nickte zum Haus, das ich jetzt als das der Bouquets erkannte. „Wie haben sie das gemacht?“

„Wahrscheinlich ein Verwirrtrank“, antwortete Kayleigh. „Leider ist es nicht besonders schwierig, diesen Trank zu brauen, aber die Wirkung kann verheerend sein ... wie du gerade gesehen und erlebt hast.“

„Das kann doch nicht legal sein, oder?“, fragte ich.

„Nein. Kann es nicht und darf es auch nicht sein. Aber jemandem etwas in den Drink zu mischen, wovon er nichts weiß, ist illegal.“

Ah ja. Der Tee. Wenigstens war dieses kleine Rätsel gelöst.

Die anderen begannen jetzt aufzuwachen. „Bist du sicher, dass das wirklich Hyacinth und James sind?“, fragte ich Tanner unsicher.

„Ich würde sagen, ich bin zu etwa neunzig Prozent sicher.“

Ich drehte meinen Kopf ruckartig zu ihm. „Das ist nicht sicher genug.“

Er zuckte mit den Schultern. „Ich würde hundert sagen, weil ich gesehen habe, wie Bloom den Doppelgängern Handschellen angelegt hat, aber, na ja, man weiß nie wirklich, wie die Leute sind, oder?" Ich sah zurück auf die Leute auf der Straße. „Nein, ich schätze, das weiß man nie wirklich."

Die Haustür des Hauses öffnete sich, und Hyacinth und James kamen heraus. Nur dass sie es *nicht* waren, denn sie erwachten gerade erst aus einem langen, verwirrten Schlaf.

Die Hände der Verdächtigen waren hinter ihren Rücken gefesselt, während sie vor Sheriff Bloom hergingen. Sie selbst sah ein bisschen verwirrt aus, allerdings auf die normale Art und Weise.

„Alles klar, Manchester?", fragte sie.

Stu blickte von Hyacinth auf, begegnete dem Blick des Sheriffs und nickte.

„Culpepper?", fragte sie, als sie näher kam.

Tanner neigte den Kopf. „Ich denke, wir haben es im Griff."

Sie hob eine Augenbraue und sah sich um. „Nun, ihr habt sicherlich genug Hilfe." Als ihr Ausdruck sich zu einer Warnung verdunkelte, verstand ich, was sie meinte.

Wir fünf waren zusammen. Hier, im Freien.

Hyacinth und James, die Betrüger, starrten mich an. Ich starrte zurück. Was hatte ich jetzt noch von ihnen zu befürchten, da Bloom hier war?

Dann *verschwanden* plötzlich ihre Gesichter.

Ich keuchte und schlug mir die Hand vor den Mund, und Tanner keuchte leise „Ugh", bevor Bloom beide Verdächtige in den magisch angetriebenen Wagen schob und die Tür hinter ihnen zuschlug. Als sie davonfuhren, trat eine dringlichere Angelegenheit in den Vordergrund.

Eine Krise war eingetreten, und hier waren wir, unser vollständiger geheimer Zirkel, alle an einem Ort. Wenn das nicht der Beweis war, nach dem die Stadt suchte, wusste ich nicht, was es war.

Zumindest mussten wir Landon von hier wegschaffen, bevor irgendwelche Gaffer wie neugierige Motten von einer Flamme angezogen wurden.

Außer Bloom und den Doppelgängern, die so schnell nicht mit der Presse sprechen würden, waren die einzigen, die uns bisher gesehen hatten, Stu Manchester und Kayleigh Lytefoot.

Ich wusste aus mehreren Gründen, dass wir Stu vertrauen konnten. Zum einen hatte er schon eine ziemlich gute Vorstellung von dem Zirkel und war einer der Ersten, die mir geraten hatten, dafür zu sorgen, dass niemand es herausfand. Aber hauptsächlich, glaube ich, hoffte er, dass ein vollständiger Zirkel in Eastwind helfen würde, ihm etwas von seiner Arbeitslast zu nehmen, und er würde diese Möglichkeit nicht ruinieren, indem er einen von uns in Gefahr brachte. Außerdem war ich ziemlich sicher, dass er uns mochte – ein weiterer Grund, warum er uns nicht für eine Belohnung verpfeifen würde.

Und Kayleigh ... Wir konnten ihr auch vertrauen. Nicht nur, weil sie uns mochte (sie hatte eine besondere Zuneigung für Tanner, über die ich nicht zu viel nachdenken wollte), sondern als Besitzerin der Apotheke folgte sie auch einem Berufskodex, der sie zur Diskretion verpflichtete. Die Bürger von Eastwind wussten, dass ihre Geheimnisse bei ihr sicher waren, egal ob es um den Kauf von extra starken Warzenentfernungstränken, Zutaten, die auf dunkle Magie hindeuteten, oder den ersten vollständigen Hexenzirkel in Eastwind seit dreihundert Jahren ging. Zumindest hoffte ich, dass ihre Schweigepflicht auch letzteres einschloss.

Es war fast Morgendämmerung, und bald würden die Leute zur Arbeit gehen. Diese Szene war die Bestätigung, die die meisten brauchten, um jede schwelende Angst vor uns zu rechtfertigen, und sobald sie die gerechtfertigt hatten, war es nur ein paar emotionale Schritte, von Angst zu Wut zu Hass zu Entmenschlichung als Rechtfertigung, um zu tun, was sie wollten, weil wir in ihren Augen Monster waren.

In einer Stadt, die gerade die Sicherer-Hafen-Gesetze verabschiedet hatte, wenn auch durch Täuschung, war der Brunnen der Angst, aus dem man schöpfen konnte, tief.

Während Kayleigh herumflatterte und sich um die restlichen Opfer kümmerte, war es offiziell höchste Zeit, Landon, Eva und Donovan hier wegzubringen. Wenn Hyacinth aufwachte und sie sah …

Ich rief den dreien zu, und als jeder von seinem derzeitigen Patienten aufsah, winkte ich sie herüber.

„Du bist okay!", sagte Eva atemlos.

„Was ist passiert?", fragte Landon.

„Lange Geschichte", sagte ich, „und ich versuche immer noch, alles zusammenzusetzen, aber jetzt müsst ihr gehen. Besonders du, Landon."

„Sorry", sagte er. „Du hast mich hergerufen, und ich—"

Ein heller Blitz zu unserer Linken unterbrach ihn, und als wir fünf uns umdrehten, um zu sehen, was es war (ich hatte schon eine böse Vorahnung), blendete ein weiterer heller Blitz mich kurzzeitig. Ich blinzelte die Lichtflecken weg und sah einen Kopf hinter der Kamera auftauchen.

„Ha-ha!", rief Lot Flufferbum triumphierend. „Ich WUSSTE es!"

Donovan zog schnell seinen Zauberstab, und Eva und ich reagierten gleichzeitig, indem wir seinen Arm nach unten drückten.

Als Flufferbum sich umdrehte und wegrannte, rief Tanner ihm nach: „Lot, warte!", aber der Mann hörte nicht zu. Er hatte eine Titelgeschichte zu schreiben.

„Einhornäpfel", sagte Tanner.

Ja. Das und noch viel mehr.

Epilog

Der einzige Vorteil, den ich in der Titelseite der Eastwind Watch vom nächsten Tag sehen konnte, war, dass Landon nun aus dem Versteck kommen und sich mit uns vieren in der Öffentlichkeit zeigen konnte.

Wir mussten natürlich auf der Hut sein, aber solange die Eastwinder Angst vor uns hatten, dachte ich, dass die Wahrscheinlichkeit, dass sie sich mit uns anlegten, wenn wir fünf zusammen waren, ziemlich gering war.

„Wie geht's Grace?", fragte ich leise, während wir in einer Ecknische bei Franco's saßen.

Landon griff nach einem weiteren Stück von einer der Pizzen von dem kleinen Ständer in der Mitte unseres Tisches. Er faltete das riesige Stück längs und biss schnell hinein. Käse zog Fäden von seinem Mund, als er es wegzog und auf den Teller legte. „Gut. Sie sagt, es macht ihr nichts aus, Zeit zum Lesen zu haben. Das, und sie mag es, nicht zur Arbeit gehen zu müssen."

„Mir geht's genauso", sagte Eva, dann: „Oh, sorry, Nora. Nichts für ungut."

„Schon gut. Ich genieße die Auszeit tatsächlich auch."

Der Regen draußen fiel langsam, in großen, müden Tropfen, als wäre sogar er des Regens überdrüssig und könnte eine sonnige Aufmunterung gebrauchen.

Nachdem er seine Schicht beendet hatte, war Tanner nach Hause gegangen, um trockene Kleidung anzuziehen, bevor er uns zu einem frühen Mittagessen traf. „Ich könnte wahrscheinlich auch einen freien Tag gebrauchen", sagte er und gähnte. „Bloom sieht aus, als würde ihr bald der Kopf explodieren. Doppelgänger in Eastwind. Ich habe sie noch nie so wütend erlebt." Er schauderte. „Es ist absolut beängstigend."

„Und irgendwie heiß, oder?", sagte Donovan.

„Seltsamerweise, ja." Seine Augen schossen zu mir. „Nicht, dass ich jemals ... du weißt schon."

Ich zuckte mit den Schultern. Als jemand, der selbst ernsthaft für Sheriff Bloom schwärmte, war ich nicht in der Position, zu urteilen.

„Ist es seltsam, dass ich mich ein bisschen verletzt fühle, weil ich weiß, dass einer der Doppelgänger mich nachgeahmt hat?", sinnierte ich.

„Ich bin sicher, es war für sie unangenehmer als für dich", sagte Donovan.

Ich starrte ihn böse an.

„Es war aber ein schlauer Schachzug", sagte Tanner. „Rückblickend hat es mich vollkommen aus dem Konzept gebracht, dich so unerwartet dort zu sehen. Und da ich dachte, du wärst schon dabei, die Sache zu untersuchen, bin ich ziemlich schnell gegangen."

„Ich will jetzt nicht als Panikmacher dastehen", sagte Eva, „aber könnten nicht noch mehr Doppelgänger in der Stadt versteckt sein?"

„Es können *immer* mehr sein", sagte Landon.

Tanner seufzte. „Er hat recht. Aber sie wären dumm, jetzt

noch zu bleiben. Bloom ist auf einem Kreuzzug. Der Hohe Rat wirft ihr vor, unaufmerksam gewesen zu sein."

Donovan warf genervt ein weiteres Stück auf seinen Teller. „Fänge und Klauen! Es war wahrscheinlich jemand aus dem Hohen Rat, der die Doppelgänger überhaupt nach Eastwind eingeladen hat."

„Das weißt du nicht", tadelte Eva.

„Du hast recht, ich weiß es nicht. Aber wenn man bedenkt, dass ich dieses Ding heute zum zweiten Mal aus dem Fenster nehmen musste" – er griff nach etwas auf dem Boden und hielt das „Keine Werwölfe"-Schild hoch – „ist es schon praktisch, dass die Doppelgänger genau dann aufgetaucht sind, als der Hohe Rat öffentliche Unterstützung brauchte."

Tanner stimmte seinem besten Freund zu: „Er hat nicht ganz unrecht. Und auch, wenn es noch nicht offiziell publik gemacht wurde, haben Darius Pine und Quinn Shaw in ihren Aussagen deutlich gemacht, dass sie nicht für die Sicherer-Hafen-Gesetze gestimmt und es auch nie beabsichtigt haben."

Das war eine der Schlussfolgerungen, die ich in meiner vorherigen schlaflosen Nacht gezogen hatte, aber es war schön, sie durch Zeugenaussagen bestätigt zu bekommen. „Bedeutet das, dass das Gesetz bald aufgehoben wird?"

Landon antwortete: „Sollte es zumindest. Rechtlich gesehen ist es unter den derzeitigen Umständen nicht durch-setzbar."

„Und erholen sich alle gut?", fragte Eva.

Tanner nickte. „Ja. Die Bouquets ziehen wieder in ihr altes Haus – anscheinend sind sie schon eine Weile Geiseln gewe-sen, bevor sie das neue Haus gekauft haben. Die Doppelgänger haben ihnen wochenlang den Trank eingeflößt."

„Warum haben sie ihn weiter getrunken?", fragte Donovan.

Ich konnte das beantworten. „Kannst du dir das nicht denken? Sie sind schon verwirrt, also sagst du ihnen, es sei was anderes, und sie trinken es. Glaub mir, die Verwirrung ist stark.“

„Was ist mit Ansel?“, fragte Donovan. „Ist er aus dem Schneider wegen der Hexenfalle?“

Tanner nickte. „Inoffiziell, ja. Bloom hat vorgeschlagen, dass er sich eine Weile bedeckt hält, bis sie die ganze Geschichte der *Watch* veröffentlichen können und die Leute aufhören, ihn zu verdächtigen, versucht zu haben, drei Hexen zu ermorden.“

Eva nickte. „Er und Jane mieten sich für eine Weile unter einem Alias ein Zimmer in Darius’ Lodge. Sie sind im Zimmer neben meinem, und … ich habe letzte Nacht kein Auge zugetan.“

Landons Gesicht wurde noch rosiger als sonst.

„Was ich immer noch nicht verstehe“, sagte ich, „ist, wie die Doppelgänger es geschafft haben, alle dazu zu bringen, den Verwirrtrank zu trinken. Ich kenne Ansels Geschichte. Er war auf dem Weg zum Sheehan’s, um sich bei Jane zu entschuldigen, und der Doppelgänger, der sich als James ausgegeben hat, hat ihn eingeladen, das neue Haus zu sehen. Darius sagte, dass im Grunde dasselbe bei ihm passiert ist.“

Eva kicherte. „Das hat er dir erzählt?“

„Was?“, sagte ich. „War es nicht so?“

Sie unterdrückte ein Grinsen. „Nein. Er hat mir die wahre Geschichte erzählt. Einer von ihnen hat sich als Bonnie ausgegeben, sein Date, und ist ins Restaurant gekommen, bevor die echte Bonnie da war. Dann, ähm, hat sie ihn sozusagen gefragt, ob er direkt zur Sache kommen wollte, bevor sie ihm einen Schnaps ausgegeben hat. Ich schätze, der Verwirrtrank war im Schnaps. Das Letzte, woran er sich erinnert, ist, dass er mit ihr die Bar verlassen hat.“

„Gütiger Golem“, sagte ich. „Er hat doch nicht … mit dem Doppelgänger …?“

Eva lachte. „Nein, ich glaube nicht, dass er so weit gekommen ist, bevor er zu verwirrt war, um überhaupt sein Hemd aufzuknöpfen."

Tanner und Donovan tauschten einen entsetzten Blick. „Ich trinke ab jetzt nur noch meine eigenen Drinks", sagte Donovan. „Und lasse sie nie aus den Augen."

Ich blickte an Landon vorbei auf eine kleine Gruppe von Kobolden, die uns misstrauisch musterten und hinter vorgehaltenen Händen tuschelten. Ein paar Tische weiter tat ein Faun-Paar so, als hätten sie uns in der letzten halben Stunde keine nervösen Blicke zugeworfen. „Auf einer Skala von eins bis zehn, wie besorgt sollten wir um unsere Sicherheit sein?"

„Zehn", sagte Landon. „Oh, meinst du, jetzt, wo die Leute vom Zirkel wissen?"

„Ja …?"

„Zwölf."

Ich sah Tanner an, der wahrscheinlich eine fundiertere Vermutung hatte.

„Ich kann es dir wirklich nicht sagen, Nora. Wenn ich etwas in diesem Job gelernt habe, dann, dass man nie sicher sein kann."

„Oh, toll. Danke. Damit fühlte ich mich jetzt wirklich besser." Ich versetzte ihm einen Klaps auf den Arm.

„Was?", sagte er und kicherte. „Das bedeutet nicht immer das Schlimmste. Manchmal bekommst du Hilfe aus unerwarteten Quellen."

Donovan musterte sein Bier misstrauisch, bevor er schlussfolgerte, dass es wahrscheinlich sicher war, und trank einen Schluck. Dann sagte er: „Das ist mir wirklich noch nie passiert."

„Vielleicht, weil du immer die unerwartete Hilfe warst", antwortete Tanner. „Wie damals, als Nora Hilfe gebraucht hat, um diesen Dürre-Dämon zu verbannen. Sie hätte in einer Million Jahren nicht gedacht, dass du ihr helfen würdest."

Als die Stimmung am Tisch von freundlich zu kompliziert und angespannt umschlug, sagte Landon: „Halloween steht bald an."

Es war offensichtlich, dass er nur versuchte, das Thema zu wechseln, um nicht darauf eingehen zu müssen, wie Donovan und ich uns zusammengetan und eine Kette von Ereignissen losgetreten hatten, die damit geendet hatte, dass wir in den Deadwoods rumgemacht hatten – während ich schon mit Tanner zusammen war – und eine ganze Reihe von Fehlern folgte. Aber schien ohnehin niemand nochmal breittreten zu wollen. Stattdessen fragte Eva schnell: „Was bedeutet das genau? Ich habe ein bisschen gehört, und ich weiß, was es in Noras und meiner alten Welt bedeutet, aber wird es hier, na ja, irgendwie verrückt?"

„Ja", sagte Tanner entschieden. „Es wird meistens ein bisschen verrückt."

„Ruby sagt, der Schleier wird dünner", bemerkte ich.

Donovan nickte und sah aus, als würden selbst die Erwähnung traumatische Erinnerungen zurückbringen. „Das wird er."

„Und Geister laufen einfach so herum?", fragte ich und vermutete, dass die Annahme lächerlich war.

„Manchmal", sagte Landon ehrlich. „Aber meistens fliegen sie."

„Letztes Jahr war es nicht so schlimm", fügte Tanner hinzu. „Ich glaube, wir hatten nur ein halbes Dutzend rachsüchtiger Geister, und die waren so lange tot, dass alle, gegen die sie einen Groll hatten, auch schon lange weg waren."

„Es variiert von Jahr zu Jahr?"

Tanner nickte.

„Niemand weiß wirklich, warum", erklärte Landon. „Aber ich habe ein paar Theorien."

Ich war sicher, dass er die hatte.

„Führen diese Theorien zu einer Vorhersage für dieses Jahr?", fragte ich.

Um das klarzustellen: Ich war nicht begeistert von der Aussicht auf eine Extraportion Geisterdrama, aber ich empfand eine kleine Prise Schadenfreude bei dem Gedanken, dass andere Leute mit denselben Ärgernissen klarkommen müssten, mit denen ich täglich zu kämpfen hatte, auch wenn es nur für ein paar Stunden war.

„Ja", sagte Landon vorsichtig und wirkte, als bereue er, Halloween überhaupt erwähnt zu haben. „Unter Berücksichtigung von Faktoren wie Wetter, Gesamtzahl der Todesfälle im letzten Jahr, Wiederholung der Geschichte und Multiplikation mit der Gesamtzahl der Todeswesen in der Stadt" – ich war mir nicht sicher, was er mit Todeswesen meinte, aber ich vermutete, dass ich in diese Kategorie fiel – „würde ich sagen, es wird das schlimmste Halloween, das Eastwind je gesehen hat."

Donovan stöhnte. Eva sah sich um, als hätte sie etwas verpasst. Tanner verzog das Gesicht.

„Das ist aber nur eine Vorhersage, oder?", sagte ich hoffnungsvoll. „Das heißt nicht, dass es so kommen muss. Wie lange machst du schon diese Vorhersage?"

„Fünfzehn Jahre."

Ich beäugte ihn misstrauisch. Landon war erst vierundzwanzig.

„Was?", sagte er defensiv. „Ich war ein seltsames Kind! Was soll ich dir sagen?"

„Und wie viele Jahre war deine Vorhersage richtig?", fragte ich. „Sei ehrlich."

Er rümpfte die Nase, bevor er sagte: „Fünfzehn."

Tanner warf den Kopf in den Nacken und fluchte, und Donovan beugte sich vor, die Ellbogen auf den Tisch, das Gesicht in die Hände gestützt.

„Sicher ist es nicht so schlimm“, sagte ich. „Als jemand, der ständig mit Geistern zu tun hat, gewöhnt man sich daran.“

„Ha!“, sagte Donovan und hob den Kopf nur ein wenig. „Zeigt, was du weißt.“

„Ja, Nora“, sagte Tanner. „Halloween kann ganz schön verrückt werden. Und wenn es das Schlimmste wird, das Eastwind je gesehen hat ...“

„Okay, okay“, sagte ich. „Genug von den düsteren Prophezeiungen. Davon bekomme ich noch Sodbrennen. Wir finden es sowieso in zwei Tagen heraus. Lasst uns über was anderes reden.“

Landon stürzte sich auf die Einladung. „Das Haus in Erin Park steht wieder zum Verkauf. Wolltest du nicht ein eigenes Haus, Nora?“

„Ja“, sagte ich langsam und warf ihm einen ernsten Seitenblick zu. Warum zum Höllenhund sollte ich in ein Haus ziehen wollen, in dem ich gefangen gehalten wurde? Er war ein lieber Kerl, aber manchmal konnte er nicht aus seinem Kopf heraus und in seine Gefühle hinein.

Bevor ich das freundlich sagen konnte, sagte Tanner: „Ich glaube nicht, dass Nora in einem Haus wohnen will, in dem sie verwirrt und gefangen gehalten wurde.“ Ich drückte seine Hand unter dem Tisch. Er drehte sich zu mir: „Ich meine, du bist doch bei Ruby glücklich, oder? Also, warum nicht einfach, ähm, mit dem Kauf eines eigenen Hauses warten?“

Er klang nervös, und ich hatte eine leise Vermutung, warum. Hatte er in naher Zukunft andere Pläne für meine Wohnsituation?

„Vielleicht sollte ich es kaufen“, sagte Eva. „Das Zimmer,

das ich bei Darius miete, ist winzig, und es ist nicht gerade nah an der Stadt."

„Wenn dir das Mieten bei Darius nicht gefällt", sagte Donovan, „gibt es andere Optionen."

Eva warf ihm einen finsteren Blick zu. „Wir haben schon darüber gesprochen", murmelte sie.

„Was? Das ist doch keine große Sache. Wir sind beide erwachsen, es spart Miete, und es ist nicht so, als würde irgendjemand nicht schon vermuten, was hinter verschlossenen Türen passiert."

Ich räusperte mich und griff nach einem weiteren Stück Pizza, und als ich aufblickte, war Landons Gesicht rot wie eine Rübe.

Donovan bemerkte das auch. „Oh, komm drüber weg, Hawker. Du wohnst schon mit deiner Freundin zusammen."

„Sie ist nicht meine Freundin!", zischte Landon zurück.

Donovans Augenbrauen schossen in die Höhe, und er lachte. „Netter Versuch. Schau, ich sage nicht, dass es was Schlechtes ist. Klar, sie hatte keine große Wahl, als bei dir einzuziehen, aber trotzdem, es läuft auf dasselbe hinaus."

„Sie ist nicht – das ist nicht –" Landon presste die Lippen zusammen, um das, was er eigentlich sagen wollte, zurückzuhalten. Dann stand er auf, nahm sich ein weiteres Stück Peperoni-Pizza und ging.

Tanner starrte Donovan an und schüttelte den Kopf. „Warum musst du ihn so bloßstellen?"

„Was?", sagte Donovan defensiv. „Er ist offensichtlich in das Mädchen verliebt, und klar, sie ist schwanger mit dem Kind eines anderen Mannes und es ist kompliziert oder was auch immer, aber ich denke einfach nicht, dass er da drüben rot werden muss, als hätte er mich gerade nackt durch die Luft hüpfen sehen, bei der bloßen Erwähnung, dass Eva und ich zusammenziehen."

„Donovan", fauchte Eva. „Jetzt ist nicht die Zeit, darüber zu reden."

„Warum nicht? Nora und Tanner macht es nichts aus. Fänge und Klauen, ich meine, Tanner hat Nora gerade so gut wie gesagt, dass er nicht will, dass sie ein Haus kauft, weil er mit ihr zusammenziehen will!"

Mein Gesicht wurde fast so rot wie Landons, und ich konnte mich nicht dazu bringen, Tanner neben mir anzusehen. Aber ich vermutete, dass sein Gesicht genauso rot war.

Eva schnaubte genervt. „Gute Göttin, Donovan, du kannst so ein Idiot sein." Dann stand auch sie auf und marschierte aus dem Restaurant.

„Eva. Eva!" Donovan eilte ihr nach.

„Sie hat nicht unrecht", sagte Tanner schließlich. „Er kann ein echter Idiot sein."

Ich zwang mich, erwachsen zu sein, und sah meinen Freund an. Er hatte den Blick schon auf mich gerichtet. „Er hatte aber recht", fügte Tanner hinzu. „Das war es, worauf ich hinaus wollte." Er griff nach meinen Händen. „Ich will dich nicht unter Druck setzen. Ich möchte nur, dass wir uns nicht vor der Möglichkeit verschließen. Falls du es nicht gemerkt hast, stehe ich irgendwie auf dich."

Meine Augen wanderten zu seinen weichen, vollen Lippen, bevor sie zu seinen haselnussbraunen Augen zurückkehrten. „Uns nicht vor der Möglichkeit verschließen funktioniert für mich. Ich schätze, ich stehe auch irgendwie auf dich."

„Das macht mich zu einem glücklichen Hexenmeister." Er beugte sich vor und küsste mich, und es war mir egal, wer zusah. Immerhin war das ein italienisches Restaurant; der Laden war praktisch für öffentliche Zuneigungsbekundungen gemacht.

Gerade als er seine Hand um meinen Rücken schob, wurde der Moment ruiniert.

„Hey. Da alle abgehauen sind und ihr zwei anscheinend zum Dessert übergegangen seid, könnt ihr was von der übrig gebliebenen Pizza hier runterwerfen?"

Ich hatte Grim vergessen. Er war so mit seinen Fleischbällchen beschäftigt gewesen, dass er die meiste Zeit der Mahlzeit geschwiegen hatte.

Ich griff nach einer Scheibe der Gemüsepizza – die, die Grim am wenigsten mochte – und warf sie unter den Tisch. Ich schwöre, ich wollte ihn nicht damit ins Gesicht schlagen.

Gerade als Tanner und ich da weitermachen wollten, wo wir aufgehört hatten, fiel mir etwas ein. „Fänge und Klauen! Die haben uns mit der Rechnung sitzen lassen!"

Tanner legte sanft eine Hand auf meinen Arm, um mich zu beruhigen. „Ich habe vor, ihnen zu sagen, dass sie alles auf Donovans Rechnung setzen sollen."

Ich grinste ihn an, meinen wunderschönen und köstlich hinterlistigen Deputy. „Ich liebe es, wenn du schmutzig mit mir redest."

ENDE VON BUCH 8

Über die Autorin

Nova Nelson wuchs mit einer stetigen Diät aus Agatha-Christie-Romanen auf. Sie liebt die süße Herausforderung von Cozy-Krimis und webt, seit sie schreiben kann, paranormale Geschichten. Diese beiden Leidenschaften kommen in ihrer Eastwind-Hexen-Reihe zusammen, und es wurde auch Zeit, wenn sie das selbst so sagen darf.
Wenn sie nicht gerade schreibt, genießt sie lange Spaziergänge mit ihren eigensinnigen Hunden und isst Frühstück zum Abendessen.

Schauen Sie vorbei und sagen Sie Hallo:
nova@novanelson.com